TALVEZ ESTHER

KATJA PETROWSKAJA

Talvez Esther

Tradução
Sergio Tellaroli

COMPANHIA DAS LETRAS

Copyright © 2014 by Suhrkamp Verlag, Berlim

Grafia atualizada segundo o Acordo Ortográfico da Língua Portuguesa de 1990, que entrou em vigor no Brasil em 2009.

O tradutor agradece o apoio da Fundação Robert Bosch (Robert Bosch Stiftung) e do Colégio Europeu de Tradutores (Europäischer Übersetzer-Kollegium, EÜK). *Talvez Esther* foi traduzido entre os meses de abril e junho de 2015 no Colégio Europeu de Tradutores de Straelen, na Alemanha.

Título original
Vielleicht Esther

Foto de capa
Eugene Shimalsky

Preparação
Mariana Delfini

Revisão
Márcia Moura
Huendel Viana

Dados Internacionais de Catalogação na Publicação (CIP)
(Câmara Brasileira do Livro, SP, Brasil)

Petrowskaja, Katja
    Talvez Esther / Katja Petrowskaja ; tradução Sergio Tellaroli. — 1ª ed. — São Paulo : Companhia das Letras, 2019.

    Título original: Vielleicht Esther.
    ISBN 978-85-359-3056-6

    1. Avós – Ficção 2. Famílias – História – Ficção 3. Holocausto judeu (1939-1945) – Ficção I. Título.

17-11580   CDD-833

Índice para catálogo sistemático:
1. Ficção : Literatura alemã 833

[2019]
Todos os direitos desta edição reservados à
EDITORA SCHWARCZ S.A.
Rua Bandeira Paulista, 702, cj. 32
04532-002 — São Paulo — SP
Telefone: (11) 3707-3500
www.companhiadasletras.com.br
www.blogdacompanhia.com.br
facebook.com/companhiadasletras
instagram.com/companhiadasletras
twitter.com/cialetras

Sumário

Louvado seja o Google, 7
1. Uma história exemplar, 15
2. Rosa e os mudos, 41
3. Minha bela Polônia, 75
4. No mundo da matéria não organizada, 116
5. Babi Yar, 150
6. Deduchka, 185
Cruzamento, 232

Agradecimentos, 235
Créditos das ilustrações, 237

Louvado seja o Google

Eu preferiria não ter de começar minhas viagens aqui, na desolação que circunda a estação ferroviária e que ainda e sempre dá testemunho da devastação desta cidade, uma cidade que, no curso de batalhas vitoriosas, foi bombardeada e arruinada a título de retaliação, ou assim me parecia, porque foi a partir daqui que se conduziu a guerra que por toda parte provocou mil vezes mais devastação, uma interminável guerra-relâmpago sobre rodas de ferro e com asas de ferro. Mas isso faz tanto tempo que, de lá para cá, a cidade se tornou uma das mais pacíficas do mundo e hoje promove essa paz de maneira quase agressiva, como uma forma de lembrar a guerra.

A estação foi construída há pouco tempo no centro da cidade e, a despeito da paz, é inóspita, como se encarnasse perdas que trem nenhum é capaz de alcançar e recuperar, um dos lugares mais inóspitos de nossa Europa unida a torto e a direito e tão limitada, um lugar em que sempre sopra uma corrente de vento e onde o olhar descortina desolação, sem que lhe seja dada a oportunidade de se deter num emaranhado urbano, de pousar e repousar em alguma coisa antes de partir deste vazio no meio da cidade que governo nenhum é capaz de preencher, nem com edificações generosas, nem com boas intenções.

Também dessa vez soprava uma corrente de vento enquanto, de pé na plataforma, eu tornava a tatear com os olhos as letras sob o arco do teto abobadado — BOMBARDIER Bem-vindo a Berlim —, sentindo seus contornos, enfadada mas, de novo, perplexa com as impiedosas boas-vindas. Soprava uma corrente de vento quando um senhor de idade se aproximou e me perguntou o que era aquele Bombardier.

Pensa-se logo em bombas, ele me disse, na artilharia, naquela guerra horrível, incompreensível, e por que justamente Berlim, aquela cidade bonita, pacífica, bombardeada, consciente daquilo tudo, saudava as pessoas daquela maneira? Não era possível que justo Berlim bombardeasse, por assim dizer, um recém-chegado como ele com aquela palavra escrita em letras maiúsculas, e o que significavam aquelas boas-vindas: quem, exatamente, haveria de ser bombardeado ali, e com quê? Ele tinha urgência de obter uma explicação, porque já estava de partida. Respondi, um pouco espantada com o fato de minha voz interior se dirigir a mim sob a forma de um senhor de idade, de olhos negros e sotaque norte-americano, um senhor esbaforido e cada vez mais agitado, lançando-me perguntas quase desenfreadamente, e perguntas sobre as quais eu própria já refletira centenas de vezes — play it again, pensei, mergulhando cada vez mais nelas, na extensão daquelas perguntas na plataforma da estação, e então respondi que também eu logo pensava na guerra, que não era, portanto, questão de idade, que eu, aliás, pensava na guerra o tempo todo, sobretudo ali, naquela que era sempre uma estação de passagem, jamais destino final de trem algum, não havia por que se preocupar, pensei comigo, as pessoas sempre seguiam adiante, e ele não era o primeiro a se fazer, ou a me fazer, aquela pergunta. Eu ia ali com demasiada frequência, pensei brevemente, talvez eu fosse um *стрелочник*, *strelotchnik*, um guarda-chaves, e o guarda-chaves era sempre o culpado, mas só em russo, pensei, enquanto o velho dizia: *My name is Samuel, Sam.*

Então contei a ele que *Bombardier* era um musical francês que estava fazendo sucesso em Berlim, muitas pessoas vinham à cidade por causa dele, imagine o senhor, só por causa daquele *Bombardier*, que tinha por tema a Comuna de Paris ou algo assim, do passado, agora com duas diárias de hotel e musical, tudo incluído, já tinha havido até um problema pelo fato de a estação ferroviária central anunciar aquele *Bombardier* numa palavra só, sem nenhum comentário, saíra no jornal, eu disse, lembrava-me bem, disse, escreveram que a palavra suscitava falsas associações, aliás a briga da cidade com o musical fora até parar na Justiça, linguistas haviam sido convocados, veja o senhor, para examinar o potencial de violência da palavra, mas o tribunal decidira em favor da livre propaganda. Eu acreditava cada vez mais no que dizia, embora não tivesse a menor ideia do que era e de onde vinha aquele Bombardier no teto abaulado da estação; a história que eu contava tão entusiasmada e imprudentemente, e que jamais caracterizaria como mentira, me dava asas, e eu voava cada vez mais alto, sem o menor medo de cair, subia pela espiral daquele veredicto jamais proferido, porque quem não mente não pode voar.

Para onde a senhora vai?, o velho me perguntou, e eu lhe contei tudo sem pestanejar, com o ímpeto de quem estava prestes a condenar outro musical. Contei sobre a cidade polonesa da qual meus antepassados haviam partido para Varsóvia fazia cem anos, e, de lá, mais para o leste, talvez apenas para me legar a língua russa, que agora, muito generosamente, não transmito a ninguém, *dead end*, portanto, fim; por isso precisava ir, disse a ele, estava de partida para uma das cidades mais antigas da Polônia, onde aqueles meus antepassados, de quem ninguém sabia coisa nenhuma, nem uma única passagem, tinham vivido duzentos, trezentos ou mesmo quatrocentos anos, talvez desde o século XV, quando os judeus da tal cidadezinha polonesa haviam recebido suas permissões e se tornado os vizinhos, os outros. *And you?*, Sam me perguntou. Respondi que eu também era judia, mas por acaso.

Estavam à espera do mesmo trem, contou-me Sam após breve pausa. Ele e a mulher também iam pegar o Expresso de Varsóvia, que agora, ao surgir da neblina, mais parece um puro-sangue, um trem expresso que, embora cumpra o horário, avança contra o tempo, rumo ao tempo Bombardier, *for us only*, pensei. E o velho prosseguiu, contou-me que sua esposa estava em busca da mesma coisa, isto é, do mundo da avó dela, que emigrara de uma pequena aldeia bielorrussa nas proximidades de Biała Podlaska para os Estados Unidos, aldeia que não era sua terra natal nem a da mulher, aquilo já fazia cem anos e várias gerações, nenhum deles nem sequer falava a língua, mas Biała Podlaska soava para ele como uma *forgotten lullaby*, sabia Deus por quê, uma chave para o coração, disse, e o nome da aldeia era Janów Podlaski, onde, àquela época, quase só moravam judeus, mas hoje só moravam os outros; e os dois viajariam para lá para conhecer o lugar, e (ele, de fato, repetia sem parar esse *e*, como se tropeçasse num obstáculo), claro, não havia sobrado nada — *claro* e *nada* ele disse para enfatizar a falta de sentido daquela sua jornada, eu também digo *claro* e até mesmo *naturalmente* com muita frequência, como se esse desaparecimento, esse nada, fosse claro ou natural. Mas a paisagem, o nome dos lugares e um haras de criação de cavalos árabes existente desde o começo do século XIX, fundado depois das Guerras Napoleônicas e endereço obrigatório em círculos especializados, seguiam existindo, os dois me contaram: tinham procurado no Google. Um cavalo daqueles podia custar um milhão de dólares, Mick Jagger já havia examinado animais daquele haras num leilão, e seu baterista tinha comprado três. E agora estavam indo até lá, a cinco quilômetros da fronteira com Belarus, louvado seja o Google. O lugar tinha até um cemitério para cavalos; não, o cemitério judeu não existia mais, também isso estava na internet.

I'm a Jew from Teheran, disse o velho ainda na plataforma, Samuel é meu novo nome. De Teerã parti para Nova York, prosseguiu Sam, que sabia aramaico, tinha estudado muita coisa e sempre viajava com seu violino. Na verdade, tinha ido aos Estados Unidos para estudar física nuclear, mas se inscrevera no conservatório, não passara no exame de admissão e se tornara funcionário de banco, o que também já deixara de ser. Quando estávamos sentados no trem, e o arco-íris metálico *BOMBARDIER Bem-vindo a Berlim* já não pesava sobre nossas cabeças, sua esposa contou que, passados cinquenta anos, tanto fazia se o marido tocava Brahms, Vivaldi ou Bach: tudo soava como música iraniana. E ele me disse que aquele nosso encontro era obra do destino, eu era parecida com as mulheres iranianas de sua infância — quis dizer com as mães iranianas, ou talvez tenha querido dizer até mesmo *com minha mãe*, mas se conteve —, e acrescentou que era também coisa do destino que eu entendesse mais do que eles de pesquisa genealógica e que, naquele mesmo trem e com o mesmo propósito, viajasse para a Polônia — se era que se podia chamar de "propósito" a ânsia de sair em busca do que havia desaparecido, retorqui. E não, não era destino, continuei, porque o Google velava por nós como Deus: quando procuramos alguma coisa, o que ele nos dá são sempre ecos daquilo que buscamos, da mesma forma como, tendo comprado uma impressora pela internet, seguimos vendo por muito tempo ofertas de impressoras, ou, quando compramos uma mochila escolar, recebemos durante anos a fio propagandas de mochilas, isso para nem falar na busca por parceiros amorosos, e quando procuramos nosso próprio nome no Google, até mesmo nossos homônimos desaparecem com o tempo, fica *only you*, como se, tendo a gente torcido o pé e começado a mancar, a cidade inteira de repente começasse a mancar também, talvez por solidariedade, milhões de mancos formando um grupo, quase a maioria, como era que uma democracia podia funcionar se só obtínhamos o que buscávamos, se éramos apenas o que procurávamos, jamais nos sentindo sozinhos, ou antes sempre sozinhos, porque nunca tínhamos oportunidade de encontrar os outros? Assim era também com a busca na qual deparávamos com gente parecida conosco, Deus googla nossos caminhos para que a gente não saia dos eixos; eu vivia encontrando pessoas que procuravam o mesmo que eu, prossegui, e aquele era o motivo pelo qual tínhamos nos encontrado ali. O velho, porém, disse que precisamente aquilo era destino. Na exegética, era evidente que ele estava num estágio mais avançado que o meu.

De repente me lembrei do musical que, anos atrás, fez verdadeiro furor por aqui, quando, nas propagandas pela cidade, víamos as palavras *Les Misérables* sem nenhum comentário, ao contrário do filme, cujo subtítulo alemão era "Prisioneiros do destino". O musical se dirigia a todos com aquele *les misérables*, como se necessitássemos de constante consolo — ah, pobrezinho! —, ou como se apontasse para o fato de que não apenas um indivíduo isolado, e sim todos nós nos reencontramos na miséria, unidos por ela; sim, porque diante daquelas letras gigantescas, diante da desolação bem no meio da cidade, somos todos miseráveis: não apenas os outros, eu também. Assim é que as letras daquele Bombardier no arco do teto abobadado da estação nos enchem de seu eco da mesma forma que a música do órgão preenche a igreja: ninguém logra escapar.

E foi então que procurei de fato no Google: Bombardier era uma das maiores fabricantes mundiais de trens e aviões, e essa Bombardier que determina nossos caminhos havia lançado fazia pouco tempo a campanha *Bombardier YourCity* — rápido e seguro. E agora lá íamos nós no Warszawa Express de Berlim à Polônia, com a bênção da Bombardier e cercados de cortinas e guardanapos com insígnias exibindo as letras WARS, uma sigla tão fora de moda e antiquada como Star Wars e outras guerras do futuro.

1. Uma história exemplar

ÁRVORE GENEALÓGICA

> *Um pinheiro ergue-se solitário.*
> Heinrich Heine

No começo, eu achava que uma árvore genealógica era algo assim como um pinheiro, uma árvore da família toda, adornada com enfeites tirados de caixas velhas, muitas bolas se quebram, frágeis como são, alguns anjos são feios e robustos, capazes de resistir a todas as mudanças de endereço. De todo modo, um pinheiro era a única árvore que minha família possuía; todo ano comprávamos um e, depois, na véspera do meu aniversário, nós o jogávamos fora.

Eu achava que bastaria contar a história dessas poucas pessoas que por acaso eram meus parentes e pronto: já teria a história completa do século XX na palma da mão. Alguns de meus familiares nasceram para seguir suas vocações, na crença óbvia, ainda que jamais declarada, de que iriam consertar o mundo. Outros como que caíram do céu, jamais deitaram raízes, correndo de um lado para outro sem nem tocar o chão, pairando no ar qual uma pergunta, como um paraquedista que se enrosca numa árvore. Na minha família tinha de tudo, pensava eu, pretensiosa, um camponês, muitos professores, um provocador, um físico e um poeta. Mas, acima de tudo, lendas.

Nela havia
um revolucionário que se juntou aos bolcheviques e, na clandestinidade, mudou seu sobrenome para este que, dentro da mais completa legalidade, carregamos há quase um século

vários trabalhadores de uma fábrica de sapatos de Odessa, sobre os quais nada se sabe

um físico que dirigia uma fábrica experimental de turbinas em Carcóvia e que desapareceu durante os Expurgos; seu cunhado foi incumbido de pronunciar o veredicto, porque fidelidade ao Partido se media pela disposição para sacrificar os próprios parentes

um herói de guerra chamado Gertrud, marido da minha tia Lida, que nasceu à época em que o país declarou o trabalho um fim em si mesmo; de início, todos trabalhavam muito, depois passaram a trabalhar demais e, por fim, mais ainda, porque os exemplos substituíram as normas, e o trabalho é que nos dá sentido na nação dos proletários e super-homens, razão pela qual, ao nascer, meu futuro tio recebeu o nome de Geroi Truda, herói do trabalho, ou, abreviado, Gertrud e também Arnold, Oziel, Zygmunt, Micha, Maria, Talvez Esther, talvez uma segunda Esther e a sra. Siskind, uma aluna surda-muda de Oziel que confeccionava roupas para a cidade inteira

muitos professores, que fundaram orfanatos por toda a Europa e ensinavam crianças surdas-mudas

Anna e Liolia, que jazem em Babi Yar, e todos os outros ali

um fantasma chamado Judas Stern, meu tio-avô

um pavão, que, por sua beleza, meus avós compraram para as crianças surdas-mudas

uma Rosa e uma Margarita, minhas avós-flores

Margarita recebeu a recomendação para ingressar no Partido em 1923 diretamente de Molotov, o futuro ministro soviético das Relações Exteriores, ou pelo menos é o que se conta na família, como se isso fosse indício de que sempre estivemos no centro dos acontecimentos

minha avó Rosa, que tinha o nome mais belo entre todas as logopedistas e que esperou pelo marido por mais tempo que Penélope

meu avô Vassili, que foi para a guerra e só voltou para minha avó Rosa quarenta e um anos depois. Ela nunca perdoou sua longa peregrinação, mas — e, em minha família, alguém sempre diz "mas", portanto mas, disse esse alguém, eles se beijaram na banca ao lado da estação do metrô, isso quando os dois já haviam passado dos setenta e o Hotel Turist estava sendo construído; segundo minha mãe, porém, àquela altura o avô nem podia mais sair de casa e o Hotel Turist só seria construído mais tarde

meu outro avô, o revolucionário, que não apenas mudara seu sobrenome como também, a cada formulário soviético que preenchia, atribuía novo nome à própria mãe, em consonância com as exigências da época, do trabalho e com suas próprias preferências literárias, até chegar a Anna Arkádievna, que é como se chamava Anna Kariênina, que assim se tornou minha bisavó

Éramos felizes, e tudo em mim contradizia as palavras que Liev Tolstói nos legou, aquelas segundo as quais todas as famílias felizes se parecem, e cada família infeliz é infeliz à sua maneira, palavras que nos conduziam a uma armadilha e despertavam o pendor para a infelicidade, como se só valesse a pena falar da infelicidade, e vazia fosse a felicidade.

NÚMEROS NEGATIVOS

Meu irmão mais velho me ensinou os números negativos, falava de buracos negros como quem apresenta um modus vivendi. Criou para si um universo paralelo, no qual permaneceu para sempre inalcançável; a mim, restaram os números negativos. A única prima de cuja existência sabia à época, eu mal via, menos ainda que sua mãe, Lida, a irmã mais velha de minha mãe. Em raras visitas, meu austero tio, irmão mais velho de meu pai, propunha-me problemas de física relacionados ao moto-perpétuo, como se coubesse ao movimento incessante encobrir a ausência dele em nossas vidas. Minhas duas babuchkas moravam conosco, mas não estavam propriamente presentes: eu ainda era pequena quando elas atingiram a incapacidade plena da idade avançada. Outras babuchkas faziam *pirozhki* e bolos, tricotavam pulôveres quentinhos e gorros coloridos, algumas até meias — que eram as verdadeiras acrobacias do tricô, *vichi pilotazh*, como se dizia. Levavam as crianças para a escola, para a aula de música, iam buscá-las e, no verão, esperavam no jardim pelos netos, em suas datchas ou casinhas no campo. Minhas babuchkas moravam conosco no sétimo andar, em cujo concreto não podiam deitar raízes. As duas tinham nomes de flores e, em segredo, eu pensava comigo que as malvas que cresciam defronte do nosso prédio de catorze andares eram cúmplices naquele complô das minhas babuchkas, Rosa e Margarita, para se retirar para o reino vegetal.

As duas tinham um parafuso a menos, mas a expressão russa correspondente a essa não fala em parafusos: fala em "não estarem todos em casa". Eu tinha medo disso, embora minhas babuchkas quase sempre estivessem em casa, provavelmente para minha proteção. Ainda assim, isso de não estarem todos em casa — ou simplesmente esse *todos* — me alarmava, como se os outros soubessem alguma coisa de nós que ninguém havia me contado, como se soubessem quem ou o que estava faltando.

Às vezes eu achava que sabia. Dois de meus avós haviam nascido no século XIX, e o que me parecia era que, na turbulência dos tempos, uma geração se perdera, tinha sido pulada, não estavam de fato todos em casa; até mesmo os bisavós dos meus amigos eram mais jovens que meus avós, e eu tinha, assim, de pagar a conta e o pato por aquelas duas gerações. Eu era a mais jovem numa lista dos mais jovens. Era a mais novinha de todos.

O sentimento de perda surgia sem aviso prévio em meu mundo, de resto feliz; ele pairava sobre mim, abria as asas, e eu ficava sem ar e sem luz por causa de uma falta que talvez nem existisse. Às vezes me atingia como um raio, veloz como um desmaio, como se, de repente, eu fosse perder o chão; ofegante, eu remava com os braços em busca de salvação, na tentativa de recuperar o equilíbrio depois de ter sido atingida por uma bala que ninguém havia disparado, ninguém gritara "Mãos ao alto".

Aquela ginástica existencial na luta pelo equilíbrio me parecia ser parte de minha herança familiar, um reflexo inato. Na escola, seguíamos praticando na aula de inglês: *hands up, to the sides, forward, down*. Sempre pensei que a palavra "ginástica" vinha de "hino", porque as duas começam com g em russo, *gimnastika* e *gimn*, e eu estendia as mãos para cima com fervor, na tentativa de tocar o manto invisível do céu.

Muitos tinham ainda menos parentes que eu. Havia crianças sem irmãos, sem babuchka, sem pais, e crianças que haviam se sacrificado pela pátria na guerra; corajosas heroínas aquelas crianças mortas, que, transformadas em nossos ídolos, estavam sempre conosco. Nem mesmo à noite podíamos esquecer seus nomes; elas tinham morrido muitos anos antes de nascermos, mas outrora não tínhamos um outrora, apenas um agora que cabia entender como uma reserva inesgotável de felicidade legada pelas perdas na guerra, porque, afinal, se estávamos vivos — assim nos diziam —, era apenas porque aquelas crianças haviam morrido por nós, motivo pelo qual deveríamos ser-lhes eternamente gratos, por nossa normalidade pacífica e por tudo o mais. Cresci não em tempos de canibalismo, e sim numa época vegetariana, como Akhmátova foi a primeira a dizer e como, depois, dissemos nós todos; atribuíamos todas as perdas à guerra finda havia muito tempo, àquela guerra sem artigo nem adjetivo, dizíamos simplesmente guerra, até porque não existe artigo em russo, não dizíamos qual guerra, porque pensávamos que só havia uma, equivocadamente, já que à época de nossa infância feliz nosso

Estado lutava outra guerra no sul distante, para nossa própria segurança, dizia-se, e pela liberdade dos outros, uma guerra da qual, a despeito das perdas diárias, não nos era permitido tomar conhecimento, e não tomei conhecimento dela até que, aos dez anos de idade, na frente do nosso prédio, vi o caixão de zinco que continha os restos mortais de um vizinho de dezenove anos, um rapaz do qual, já à época, eu não me lembrava, mas de cuja mãe me lembro até hoje.

Eu não tinha motivo para sofrer. E, apesar disso, sofria desde pequena, embora feliz, amada e cercada de amigos; era embaraçoso, eu vivia sofrendo de uma solidão ora afiada e cortante, ora amarga como vermute, e pensava que sua causa só podia estar no fato de que algo me faltava. O sonho opulento da grande família em torno de uma mesa comprida me perseguia com a constância de um ritual.

E, no entanto, nossa sala de estar estava cheia dos amigos de meu pai, dos alunos adultos da minha mãe, dezenas de alunos que sempre permaneceram com ela e logo se sentavam à nossa mesa, várias gerações deles, e tirávamos as mesmas fotos que outras famílias: diante do pano de fundo da cortina escura e florida, só rostos alegres, um pouco superexpostos, todos voltados para a câmera e em torno de uma mesa farta. Não sei bem quando foi que, durante aquelas festas barulhentas e transbordantes da minha família, ouvi pela primeira vez a leve dissonância.

Aqueles que podiam se considerar membros da família contavam-se nos dedos das mãos. Eu nem precisava praticar a escala — tia, tio, prima, tia de segundo grau, marido dela, prima e tio-avô, para cima e para baixo, para cima e para baixo —, até porque o piano me assustava, a completude agressiva do teclado.

Num outro tempo, anterior às festas em torno de nossa mesa comprida, uma família grande era uma maldição, porque entre os parentes podia haver guardas brancos, sabotadores, aristocratas, culaques, familiares vivendo no estrangeiro, gente demasiado instruída, inimigos do povo e os filhos deles, bem como outras figuras suspeitas, e sob suspeita estavam todos, razão pela qual as famílias sofriam de certa atrofia da memória, muitas vezes para se salvar, o que raras vezes ajudava; na época daquelas nossas festas, se parentes assim havia, boa parte deles já estava esquecida, muitas vezes ocultada das crianças, de modo que as famílias encolhiam, ramos inteiros caídos no esquecimento, o clã se desmanchava, até restar apenas a piada sobre os dois de mesmo sobrenome. Você é parente dele? De jeito nenhum, não somos nem xarás!

A LISTA

Um dia, de repente, lá estavam meus parentes diante de mim — aqueles vindos das profundezas do passado. Murmuravam suas mensagens alegres em línguas que soavam conhecidas, e pensei comigo que, com eles, faria florescer a árvore genealógica, preencheria aquela falta, curaria o sentimento de perda; mas eles formavam um amontoado compacto à minha frente, sem rostos nem histórias, como vagalumes do passado que só iluminavam pequenas superfícies ao redor de si, duas ou três ruas ou acontecimentos, mas não a si mesmos.

Eu sabia seus sobrenomes. Todos aqueles Levi espalhados pelo mundo, se ainda viviam, porque era esse o sobrenome da minha bisavó e dos pais e irmãos dela. E havia também os Geller ou Heller, ninguém sabe ao certo. Da existência de um Simon Geller eu só soube por intermédio de uma única notícia escrita em russo, traduzida de um jornal publicado em iídiche que já não se pode encontrar em parte alguma. Cheguei a conhecer os últimos Krzewin, descendentes dos Heller, aqueles parentes com um sobrenome que rangia baixinho, como a neve debaixo dos pés, como a *kovrizhka*, o bolo de gengibre, entre os dentes. Tinha também os Stern, que foi como se chamou meu avô até os vinte anos — assim também eu me chamaria, se a Revolução Russa não tivesse sido vitoriosa —, e esse era o sobrenome de seus numerosos irmãos, de seus pais, dos numerosos irmãos deles, de seus avós e de todo o seu clã, caso ele fosse de fato tão numeroso como eu gostava de imaginar.

Meus parentes distantes, os que se chamavam Krzewin e Levi, tinham morado em Łódź, Cracóvia, Kalisz, Koło, Viena, Varsóvia, Kiev e Paris, isso até 1940, como eu soube faz pouco tempo, e também em Lyon, segundo minha mãe. Ruzia fazia faculdade em Viena e Iuzek em Paris, ainda me lembro dessas palavras de minha avó. Quem foram Ruzia e Iuzek, isso nunca descobri — parentes, enfim. Ou talvez fosse o contrário: Ruzia estudava em Paris, Iuzek em Viena. Uma vez ouvi a palavra "conservatório", mas não me lembro a quem se referia. Lembro-me ainda de outra frase: Ruzia e Iuzek também limpavam a calçada com a escova de dentes. Em Łódź, Kalisz e Varsóvia talvez todos ainda estivessem de férias, e o semestre não havia começado no conservatório; estavam em casa, e não em Paris ou Viena. Quando ouvi aquela frase na minha infância, pensei na Suíça, porque nossos jornais da época escreviam que lá tudo era limpo e que muitos cidadãos suíços se ajoelhavam diante de casa munidos de escovinhas e xampus para esfregar a calçada, e eu via o país afundar em bolhas de sabão, a Suíça ou outro país de uma limpeza radiante, inatingível.

Alguns de meus parentes tinham nomes tão comuns que não teria sentido procurá-los. Seria uma busca por homônimos, uma vez que, nas listas, eles aparecem um debaixo do outro ou um ao lado do outro, como vizinhos, todos misturados, e não há como distinguir meus parentes de centenas de outras pessoas de mesmo nome; além disso, eu não seria capaz de apartá-los dos estranhos, como quem separa o trigo do joio, o que seria uma *Selektion*, e eu não queria seleção nenhuma, nem dessa palavra eu queria saber. Quanto mais homônimos, menor era a chance de eu encontrar meus parentes, e quanto menor a chance, tanto mais claro ficava para mim que eu tinha de considerar todos os listados como meus parentes.

Eu coletava seus nomes meticulosamente, procurava pelos Levi, Krzewin, Geller ou Heller por toda parte e, certa vez, diante das longas listas na Catedral do Exército Polonês em Varsóvia, que se estendiam de parede a parede em letras miúdas, naquelas listas contendo os nomes dos assassinados em Katyń — por que procuramos nosso próprio nome até mesmo nas listas dos mortos? —, encontrei Stanislav Geller e ali mesmo, na capela dedicada a Katyń, associei-me a todos os homônimos, inclusive àquele Stanislav, como se ele e todos os outros que ainda vou encontrar pertencessem igualmente a minha família, todos os Geller e Heller, todos os Krzewin e Stern. Cada Stern, cada estrela, parecia-me um parente secreto, até mesmo os Stern e as estrelas no céu.

Anos atrás, em Nova York, folheei as páginas amarelas de uma antiga lista telefônica. Onde estão os irmãos de meu avô? Onde estão os irmãos do pai dele, que se chamavam Stern e que, a partir de Odessa, desapareceram em todas as direções? Será que seus descendentes cantaram no Velvet Underground? Será que eram donos de um banco? Davam aula no MIT de Massachusetts ou seguiam trabalhando numa fábrica de sapatos? Afinal, alguém precisa trabalhar.

Havia muitos Stern nas páginas amarelas. Oito páginas inteiras. Estrelas amarelas na lista telefônica. Devia ligar para cada um deles e perguntar? O que o senhor fazia antes de 1917? Continua esperando os parentes pobres do leste? Mesmo depois de cem anos? E as celebridades? Devo incluí-las na minha lista, ou são elas que devem me incluir na delas?

Quem me disse que um de nossos Levi foi contador de uma fábrica de botões em Varsóvia? Outro Levi fez a Levi's 501, a melhor calça jeans que eu conhecia à época, quando comecei minha busca. Com certeza não era um dos nossos, não posso imaginar algum parente meu que pudesse ter tido gosto pelo lucro ou mesmo uma ideia de como obter algum tipo de vantagem. À medida que refletia sem cessar sobre a fábrica de botões, em Varsóvia ou em alguma outra parte, crescia em mim a convicção de que nenhum dos que haviam permanecido na Polônia teria conseguido entrar naquela lista telefônica.

Lembrei-me de um filme que falava de uma lista de pessoas salvas e percorri aquela lista também, como se fosse possível que algum de meus parentes estivesse ali e portanto tivesse escapado, ressurgindo na internet. Li um nome de cada vez, como se procurasse os números da loteria, como se pudesse reconhecer alguém.

Não tinha nenhum Levi, nenhum Krzewin, mas achei um Itzhak Stern, também ele contador, só que numa fábrica em Cracóvia; não era meu parente, porque meus Stern eram de Odessa e, se já não tinham emigrado fazia muito tempo, estavam na clandestinidade, fazendo revolução; na guerra que se seguiu, porém, já não havia salvação ou lista possível para eles ali. Devo, ainda assim, acolher esse Stern na minha lista, porque é impossível encontrar os outros? Ou isso seria tentativa de furto?

Como se sabe, existem jogos que não têm vencedor.

Oi, meu nome é Zé e eu trabalho na fábrica de botão.
Um dia o chefe perguntou: "Tá ocupado, Zé?".
Eu disse não, eu disse não.
"Então aperte o botão com a mão direita."

Oi, meu nome é Zé...

A RECEITA

A descoberta de que as pessoas partiam deste mundo me pegou desprevenida, caiu sobre mim como uma sombra e me cobriu como a bacia que em algum momento Dom Quixote pôs na cabeça à guisa de capacete e na qual, séculos mais tarde, minha babuchka cega cozinhava doce de ameixa. Agora lá estava a bacia fazia anos, empoeirada, em cima do armário da cozinha.

Quando Lida, a irmã mais velha de minha mãe, morreu, compreendi o significado da palavra "história". Minha ânsia por saber estava madura, eu estava pronta para enfrentar os moinhos de vento da memória, e foi então que ela morreu. Ali estava eu, a respiração presa, prestes a fazer minhas perguntas, e assim fiquei; se estivesse numa história em quadrinhos, meu balão estaria em branco. História é quando, de repente, não há mais ninguém a quem perguntar, só restam as fontes. Eu não tinha mais ninguém a quem pudesse fazer minhas perguntas, ninguém que pudesse se lembrar dos tempos passados. Tudo que me restava eram fragmentos de lembranças, além de apontamentos e documentos duvidosos guardados em arquivos distantes. Em vez de fazer as perguntas a tempo, eu me engasgara com a palavra "história". Era adulta, agora que Lida tinha morrido? Sentia-me à mercê da história.

Tudo que tenho da tia Lida é uma receita de *kvas*, uma bebida refrescante. A receita pulou na minha mão faz pouco tempo, de uma pilha de contas a pagar, como se também à tia eu devesse alguma coisa. Quando conheci tia Lidia, ou Lida, como dizíamos — uma mulher que, depois da guerra, era tida como uma beleza antiga do Instituto de Pedagogia de Kiev, a Lida da Faculdade de Defectologia, que é como ainda se chama entre nós a educação especial —, quando, pois, conheci tia Lida, que, das fotos dessa época, nos olhava de cima, tranquila e algo indolente, ela arrastava os pés e trajava avental, não dizia nada havia anos, apenas servia um prato após o outro em louça de bordas douradas, indo e voltando da cozinha. Comam! Ela havia sido a última da família a ensinar crianças surdas-mudas, conhecia o segredo, conhecia a paciência, cozinhava em silêncio, e agora se fora.

Por muito tempo não entendi o que significava ЕВР.КВАС; era o que estava escrito no topo da página, e eu olhava fixo para aquele ЕВР, porque a abreviação em cirílico podia muito bem significar tanto *kvas* ЕВРОпейский, IEVRopeiski (ou seja, europeu), como ЕВРейский, IEVReiski (isto é, judeu) — uma utopia inocente da língua russa e *urbi et orbi* de minha tia, como se a Europa e os judeus tivessem a mesma raiz; ali, naquela receita e naquela abreviação, desenhava-se a refrescante hipótese de que todos os judeus, inclusive aqueles que não eram mais judeus, podiam se considerar os últimos europeus, porque, afinal, haviam lido tudo aquilo de que é feita a Europa. Ou será que minha tia não quisera escrever por extenso o adjetivo "judeu" porque a forma incompleta e abreviada permitia outra leitura, a de que, por exemplo, a bebida não era de todo judia, só vagamente, só um pouquinho, a despeito do alho?

A receita se revelou uma espécie de exercício poético cifrado. Eu nunca tinha percebido que minha tia possuía algo de judia; de fato, não tinha nada, a não ser pelo fato de cozinhar aqueles pratos, que só depois de sua morte pude categorizar, e compreendi, então, que justamente ela, que não queria saber da dor de associar a palavra "judeu" a túmulos e que, por ainda estar viva, não podia ser judia — justamente ela, pois, tinha aprendido e em boa medida assimilado de seus avós ainda judeus tudo que era saboroso e suculento, iguarias que mesmo sua mãe não conhecia mais. Assim, *gefilte fisch*, *strudel* e *vorschmack* pertenciam agora à cozinha ucraniana de Lida.

Ingredientes:
Um grande maço de folhas
Uma grande cabeça de alho
Um grande maço de endro

(Aqui falta uma linha)
Tu ferves água e a deixas esfriar até a temperatura ambiente.
Tu lavas a salada, cortas raízes e hastes, picas tudo miudinho e descascas o alho.

A epístola se dirigia a mim. Quem escreve receitas como se falasse com alguém num tom levemente dramático?

O endro, deves lavar e picar.
Depois mistura tudo e põe num jarro de três litros.

Com esse "tu", tia Lida se referia a mim ou a toda a humanidade?

O jarro de três litros, *triokhlitrovaia banka*, me deixou ainda mais insegura. Sim, porque há toda uma geração de objetos entre a cozinha de então — com seu jarro de três litros para conservar salmoura, a musselina para coar caldos e as panelas de ferro fundido — e a de agora. Onde comprar musselina em Berlim? Antes tínhamos trapinhos, panos velhos e musselina, bacias de cobre e colheres de pau para o doce de ameixa, coisas que haviam sido compradas em algum momento, e quando se perguntava quando tinha sido, diziam: depois da guerra.

Ela calara sobre tudo aquilo, e com ela desapareceram o *strudel*, o *gefilte fisch*, as salsichas doces com passas, as bolachas com ameixas secas e aquelas com mel, limão e nozes, até mesmo a palavra *tzimmes* ela levara consigo, como se tudo isso devesse de fato permanecer um segredo. Calou sobre tudo, sobre sua beleza de outrora, sua grande cultura, calou tudo a serviço do marido, um herói de guerra atravessado sete vezes por balas, um dos mais belos entre os heróis, calou suas próprias enfermidades e preocupações, seus métodos de ensino, a surdez progressiva quando ia à cozinha e voltava, calou as datas de nascimento dos mortos e dos que haviam sido assassinados, cujos aniversários comemorou sozinha durante décadas; calou outras datas também, lembrava-se de tudo e de todos que haviam tocado sua vida, calou a guerra, o antes e o depois dela, e todos os trens e cidades, o luto pelo pai, que sobreviveu à guerra mas não voltou para a família e, mais tarde, morou no prédio vizinho, anos a fio, em um dos edifícios pré-fabricados de nove andares de nosso anônimo conjunto residencial soviético. Tornou-se adulta e envelheceu, sempre a esperar, e um dia ficou muda, porque, tendo compreendido que estava ensurdecendo, retornou a suas crianças surdas-mudas, as quais passara a vida ensinando; se pudesse, teria calado até mesmo a própria morte. Eu não lhe perguntara nada e agora perguntava a mim mesma por que a ignorara tão completamente, a ela e a sua vida, como se, desde o princípio, houvesse aceitado sua surdez e sua mudez resolutas, seu papel e seus serviços. O que fiz, afinal, durante todo o tempo em que ela poderia ter me presenteado tudo, inclusive a receita de EBP.KBAC, a mim e a toda a Европа?

MOTO-PERPÉTUO

O pensamento abstrato não era meu forte, brincava tio Vil, o irmão mais velho de meu pai, quando eu falava sobre as perdas por atrito. Para me testar, a cada visita ele me propunha os problemas mais complexos, sobre triângulos egípcios, sobre o modelo de um moto-perpétuo, como se algo de essencial fosse se revelar a mim caso eu encontrasse a solução. Mas nunca consegui resolver aqueles problemas do Vil.

Ele próprio era o resultado de uma metempsicose soviética, de uma transmigração das energias entre Estado, alma e máquina, do movimento permanente de minha terra. Vil nasceu em 1924, oito meses depois da morte de Lênin, quando o país expressava seu luto na nomeação de fábricas, cidades e aldeias — Lênin está vivo e seu nome faz girar as turbinas das centrais elétricas: bastava invocá-lo e as lâmpadas logo se acendiam. Assim foi, pois, que meus avós deram ao primogênito o nome de Vil, em homenagem ao falecido Vladimir Ílitch Lênin, que era tido como o avô de todas as crianças soviéticas, porque, embora não tenha tido filhos, Lênin teve netos. Cinquenta anos mais tarde, ainda éramos seus netos e dizíamos deduchka Lênin, porque, entre nós, tudo se movia, menos o tempo.

Pululavam entidades fabulosas, como Rabfak, Oblmortrest, Komsomol, Molokokoopsoiuz, tudo outrora era abreviado e se fundia, Mosselprom, Narkompros ou Tcheka — a mais longeva dessas organizações, transformada depois em GPU, NKVD, KGB e FSB. Eu conhecia uma Ninel (Lênin ao contrário), um Rem (filho de trotskistas da revolução mundial: Revolutsia Mirovaia), um Roi (Revolução-Outubro-Internacional) e até mesmo uma Stalina muito simpática.

Talvez a escolha do nome também tivesse a ver com o fato de que meus avós ainda falavam iídiche e, em Vil, transparecia a *viln*, a vontade, iídiche; com efeito, ninguém em nossa família era tão determinado como ele, sempre a otimizar sua eficácia, com a colaboração até das autoridades. Quando, em 1940, aos dezesseis anos de idade, Vil foi tirar um passaporte em Kiev, recebeu um documento cuja quinta linha dizia "russo", embora seus pais fossem judeus e, nos passaportes deles, constasse anotação nesse sentido. Com topete loiro, olhos azuis, ombros largos e cintura fina, Vil efetivamente se parecia com o Ivan corajoso da fábula. Que operações matemáticas fizeram resultar um russo de dois judeus, e não no nascimento, mas em decorrência de uma visita às autoridades responsáveis por passaportes, isso permaneceu um mistério, mas o produto, Vilia — como nós o chamávamos —, transformou-se num russo completo, sem nenhum lastro judeu. A verdadeira origem era detalhe, um acréscimo desnecessário, do qual era melhor não se lembrar e, além disso, não havia nada a lembrar: o que havia era só o futuro, porque o mundo é grande e a ciência, infinita.

O irmão mais novo de Vil, meu pai, Miron, nascido oito anos depois, atendia pelo nome modificado do avô, Meir, e levava no passaporte a palavra "judeu". Como o judaísmo não mais existia para ele, também Miron transformou-se num russo, cidadão de uma nação de leitores. Ele contemplava sua origem respeitoso e pensativo, ainda que, por vezes, algo admirado, por não saber o que teria a ver com ela.

Toda a União Soviética era contra a lei da gravidade; seu sonho era voar. Vil queria construir aviões, até seu corpo era aerodinâmico, pequeno e móvel o bastante para atravessar a vida sem nenhuma perda por atrito. Vil poderia ter saído do hino da Força Aérea soviética, que à época todos cantavam: "Nós nascemos para transformar as lendas em realidade, para vencer o espaço e o cosmos; a razão nos deu asas, mãos de aço e, em vez do coração, um motor que lança faíscas". Meu coração também batia mais rápido e alto quando eu ouvia esse hino, cinquenta anos mais tarde, sobretudo sua melodia ascendente: "Para o alto, cada vez mais alto levamos o voo de nossos pássaros, em cada hélice respira a tranquilidade de nossas fronteiras".

Aos dezoito anos, Vil, assim como toda sua classe, foi para a frente de batalha, enfiaram-nos em uniformes e os despacharam para lá sem que eles tivessem a menor ideia do que era a guerra, só sabiam de heroísmo. Mal chegados ao front em Mozdok, no

Cáucaso, os recrutas tomaram de assalto uma trincheira antitanque sob fogo cruzado. Tão logo preencheram a vala com seus corpos, os tanques rolaram sobre eles. Vilia nunca contou aos pais o que de fato aconteceu em Mozdok; o único que ficou sabendo da história, tendo-a guardado para sempre talvez em lugar dele, foi seu irmão de onze anos à época, Miron.

Quando foram vasculhar a trincheira em busca de sobreviventes, descobriram Vil. Ele jazia bem lá no fundo, esmagado e com a virilha atravessada por bala. Já tinha sido um milagre terem procurado alguém ali, disse meu pai.

Vil sofreu ferimentos graves e adquiriu uma epilepsia traumática; passou meses em hospitais. Foi reencontrar a família em Asgabate, a milhares de quilômetros do Cáucaso. Era agora um inválido de guerra, mas não deixou que a enfermidade o detivesse: pelo contrário, transformou-a em combustível e, aos dezenove anos, na qualidade de Presidente do Comitê para o Esporte e o Serviço Militar do Turcomenistão, tornou-se o ministro mais jovem da União Soviética.

A faculdade, interrompeu-a diversas vezes, porque os ataques de epilepsia exauriam-no por semanas. Era preciso que segurassem sua língua para que ele não a engolisse, e meu pai sempre falava daquela língua que tinha de segurar, espantando-se a cada vez com as próprias palavras. Como era que, depois da trincheira antitanque, Vilia continuara acreditando no poder soviético, foi o que perguntei a meu pai, e ele me respondeu que quem duvidara não tinha sobrevivido.

Por fim, Vil estudou mecânica e matemática em Leningrado, trocou o ar pela água e se tornou especialista em hidroacústica. Tinha de resolver os mesmos problemas de quem quer voar, mas na água as resistências são maiores. Vilia aperfeiçoou submarinos para que pudessem ouvir tudo sem que os ouvissem, evitando todo e qualquer atrito e preservando assim os próprios segredos.

Trabalhou, trabalhou e trabalhou por sua gaia ciência, na pesquisa do campo acústico e de seus processos inerentes, dos problemas hidrodinâmicos dos ruídos de turbulência e das funções não estacionárias da hidroacústica. Pôs até mesmo seu humor a serviço do pensamento dialético, de seu moto-perpétuo. Em nome de nossa paz, trabalhava para a guerra, mas ele próprio falava num equilíbrio de forças, como se também essa fosse apenas uma questão de mecânica.

Assim como Vil, eu nasci como uma molécula do metabolismo estatal, um século depois de Lênin. Comemorava meus aniversários com Lênin, só que com cem anos a menos. Sabia que isso sempre me ajudaria a encontrar minhas coordenadas na história universal, mas a força do Estado jovem e ambicioso que meu tio ganhara de presente ao nascer, essa tinha desaparecido fazia tempo. Quando, lá atrás, eu perdia a esperança de conseguir resolver seus problemas relacionados ao moto-perpétuo, sentia a estranheza dele. Meu tio sabia que eu nunca conseguiria resolvê-los. Se houvesse uma solução para o problema do moto-perpétuo, estariam abolidas todas as distâncias, assim como as questões da proximidade, do calor, da dúvida, possivelmente até do parentesco, uma vez que, nos problemas propostos por Vil, tudo quanto era humano representava uma perda por atrito, um impedimento ao movimento perpétuo das energias secretas, ao sonho de meu tio. Talvez Vilia não estivesse brincando ao me legar — o pensamento abstrato não é teu forte! — a pesquisa das perdas por atrito, para que, em lugar dele, eu desse continuidade a ela.

VIZINHOS

Passei grande parte da minha infância em Kiev, num edifício novo de catorze andares, na margem esquerda do rio Dnieper, num bairro que surgira depois da guerra e que parecia não ter passado nenhum, apenas um futuro imaculado. Mas *nada nem ninguém tinha sido esquecido*, como escrevera a poeta Olga Bergholz em memória do milhão de vítimas do cerco de Leningrado. Nós levávamos esse verso no coração, por todo o país ele substituiu a lembrança, ninguém lhe escapou, porque, com sua verdade manifesta e as mentiras ocultas, ele se transformou em profecia; conclamavam-nos a não esquecer nada nem ninguém, para que esquecêssemos quem e o que havia sido esquecido. Assim, além de pular corda e jogar queimada, brincávamos sem cessar no pátio interno do edifício, éramos "nós" contra "os fascistas", uma brincadeira como a de bandidos e mocinhos, trinta e cinco anos depois da guerra.

Minha rua se chamava ulitsa Florentsi, homenagem a nossa bela cidade-irmã italiana, e nós, que morávamos ali, éramos pessoas de sorte, porque em nosso endereço manifestava-se tanto a beleza da Itália como nosso parentesco com o mundo da beleza; também nós podíamos ser bonitos, havíamos sido criados no espírito do Renascimento, como seres novos e renascidos, e estávamos supostamente no centro do mundo, ainda que atrás da Cortina de Ferro. A ulitsa Florentsi tinha sido solenemente inaugurada em 1975, com uma placa comemorativa afixada na fachada do nosso edifício. O prédio pertencia a um ministério soviético — era o edifício Sovmin, como o chamávamos — e, em comparação com os de nove andares ao estilo militar soviético que circundavam nosso pátio, nosso edifício Sovmin era um luxo de tijolo aparente. Ali, todavia, não moravam ministros, e sim integrantes do aparato estatal, funcionários de nível médio, pequenos chefes, professoras com suas silenciosas bibliotecas já lidas e relidas, faxineiras, cozinheiras, secretárias, eletricistas e engenheiros. Nunca soubemos que méritos nos haviam franqueado um apartamento ali, naquele paraíso socialista — quatro cômodos com armários embutidos, um nicho para a geladeira, duas sacadas fechadas e desvãos que funcionavam como grandes armários. Nas primeiras semanas, meu pai encontrou no elevador um alto oficial da KGB que o interrogara anos antes e voltou para casa com uma variante da expressão *My home is my castle*. Meu lar é a fortaleza deles, disse.

Depois mudaram-se para lá as famílias do consulado dos Estados Unidos e, certa vez, no Independence Day, hastearam uma enorme bandeira americana em suas sacadas, como se tivessem conquistado nossa fortaleza. Quando, em 1977, o animado e barulhento time de futebol de Florença foi a Kiev, nossa rua foi reinaugurada, embora morássemos lá fazia tempo; os italianos nos descobriram em nossa Florença de Kiev, surpreenderam-se conosco, como se fôssemos índios descobertos por europeus na América: que novidade haver seres humanos morando ali! A placa comemorativa foi deslocada de um lado para outro da fachada.

Havia muitas mulheres no prédio que, na juventude, haviam se mudado da aldeia para a cidade. Quanto mais envelheciam, tanto mais rapidamente esqueciam o russo aprendido às pressas e jamais propriamente arraigado; tornavam a se aconchegar nos braços de sua calorosa língua ucraniana. Ao se aposentar, voltavam a vestir os lenços de flores coloridas na cabeça, com o nó atado sob o queixo, tão camponesas que era como se jamais o tivessem despido; reuniam-se no banco lá no térreo, diante do colosso de catorze andares, descascavam sementes de girassol e punham em dia a fofoca. Um dos poucos velhos que morava em nosso edifício — os homens morriam décadas antes das mulheres — ficava sentado numa sacada lá no alto e tocava canções populares ao acordeão, canções que ecoavam melancólicas pelo pátio monumental e que nos acompanhavam por todos os nossos caminhos.

Eu só conhecia uns poucos vizinhos, e mesmo esses, apenas de passagem; por exemplo, uma mulher encantadora e seu marido, um médico militar, que se moviam sempre com simpatia e elegância. Os dois tinham uma filha que não sabíamos como definir, nunca a procurávamos, nada sabíamos então sobre a síndrome de Down. Naquela época, ninguém mantinha uma criança como aquela em casa, talvez fosse até proibido, mas ninguém no prédio teria se permitido semelhantes bisbilhotices, fosse por timidez ou admiração. Minha mãe me contara que a bela senhora era uma das órfãs da Guerra Civil Espanhola que, ao final dos anos 30, tinham sido levadas ao país irmão, a União Soviética.

Eu conhecia ainda dois outros vizinhos, ambos nascidos durante a guerra, em 1941: Serguei, um órfão de guerra da Ossétia, e Vadim, que crescera com os partisans na Polésia. Na outra ala, morava Boris, um homem muito falador, de idade indefinida, sempre alegre e solícito, o único que escapara de um assassinato em massa numa cidadezinha judia em 1941, em que todos os habitantes, dos mais jovens aos mais velhos, haviam sido mortos e jogados numa vala comum. Só muito mais tarde compreendi que o monstro sinistro de que nós, meninas, quando no pátio que se estendia ao longo dos compridos edifícios de apartamentos, sempre tínhamos medo — nós o chamávamos O Louco — era o filho do frágil Boris e, portanto, talvez o último rebento da cidadezinha judia desaparecida.

Às vezes nossas cartas eram endereçadas à rua Veneza, ulitsa Venetsi. De fato, nosso prédio ficava à beira de um canal, o que nem todos os remetentes sabiam. E as cartas chegavam, porque, não havendo uma ulitsa Venetsi em Kiev, representávamos a Itália toda. Por causa dessa Veneza, a água invadia meus sonhos, inundava tudo, mas o socorro sempre chegava quando a água atingia meu sétimo andar e vinha sempre sob a forma de uma gôndola dourada surgida da neblina distante, só para mim. Nos vizinhos submersos mais abaixo eu não pensava; em meus sonhos, já os esquecera.

Três andares abaixo do nosso morava a solitária Makarovna, uma velha aldeã ucraniana que, ainda criança, sobrevivera à coletivização, mas apenas para, mais tarde, perder os pais e o noivo na guerra. Passou anos a fio sentada no banco diante do nosso prédio, de pantufas e lenço na cabeça, a mais temperamental de todas as pessoas ali, a mais insolente e infeliz, sempre um pouco bêbada, às vezes engraçada, mas nunca alegre; a nós, crianças, distribuía balas tão velhas que era como se tivessem vindo de alguma reserva de emergência do tempo da guerra. Com seu lenço de um amarelo vivo, flores de cores cintilantes na cabeça, vinho e verde, o roupão azul-escuro — uniforme das aposentadas —, o olhar profundo de seus olhos levemente protuberantes, ela me parecia uma das últimas representantes de seu povo forte, selvagem e belo, que em algum momento ali se estabelecera, onde principiava a estepe ucraniana. Mais tarde, presenteou-me com algumas das coisas mais supérfluas deste mundo, botinhas de feltro para bebês ou lenços de um bordado denso, coisas que guardo até hoje; dava presentes porque precisava de dinheiro, mas isso eu não entendi naquela época, e, de entremeio, contava da guerra em um relato fragmentado e confuso, falava da família que se extinguira e dos colcozes. Mas ou eu, de passagem, não ouvira bem o que ela dissera ou, em seu delírio, Makarovna misturava as tragédias soviéticas; o fato era que os anos não batiam, ora a família tinha perecido na guerra, ora morrera de fome nos colcozes, e o noivo ou jamais voltara ou nunca havia existido, como eu suspeitava em silêncio. Culpada, em todo caso, era a guerra, e essa era a única coisa certa no que ela dizia.

NO MUSEU

Eu queria subir de novo para ver o chapéu de duas pontas que Napoleão perdeu em Waterloo, mas minha filha me puxou para o térreo, para o século XX; tentei distraí-la com Dürer e Lutero, mas em vão, porque ela me levava para os anos 20, passou rapidamente pelas greves, pela fome e pela época de ouro de Berlim, porque queria ir além, queria ir até lá, e quando nos aproximávamos dos anos 30, fiquei nervosa, ela seguia me puxando adiante, juntou-se a um passeio guiado para adultos — melhor não, eu disse, mas ela me consolou, estou sabendo, mamãe, e seu consolo me inquietou mais que seu saber: ela tinha onze anos. Atravessamos a tomada do poder, a proibição dos partidos políticos, a perseguição aos comunistas e, quando estávamos diante do painel com as leis de Nuremberg, e a guia — a *Führerin*, e é cômico que não exista outra palavra para isso em alemão, porque naquele exato momento ela falava do *Führer* — começou a explicar quem e quanto por cento, minha filha me perguntou num cochicho alto: Onde nós estamos aqui? Onde estamos aqui neste painel, mamãe? Na verdade, a pergunta não deveria ter sido feita no presente, e sim no passado, e no condicional: onde estaríamos, se tivéssemos vivido naquela época e naquele país — se fôssemos judias e morássemos ali naquele momento. Eu conheço essa falta de respeito pela gramática, também eu me faço perguntas assim — onde estou na foto? —, perguntas que me tiram do mundo da imaginação e me põem na realidade, porque evitar o condicional transforma o imaginado em conhecimento ou mesmo em relato factual, tomamos o lugar de outra pessoa, catapultamo-nos para o seu lugar, para dentro daquele painel, por exemplo, e assim experimento cada papel em mim mesma, como se não houvesse passado desprovido de um *como se*, de um *e se* ou de um *na hipótese de*.

Onde estamos aqui neste painel, mamãe?, minha filha perguntou, eu me assustei com aquela sua maneira direta e, para protegê-la do susto, quis logo acrescentar que nem estávamos naquele quadro, que estaríamos em Kiev ou já teríamos fugido de lá, e, aliás, nem tínhamos nascido, aquele painel não tinha nada a ver conosco, e eu já quase emendava um *se*, um *mas* e um *como se*, quando um homem que integrava a visita guiada se voltou para mim e disse que as pessoas de seu grupo haviam pagado pela monitoria.

Antes ainda de compreender o que ele tinha querido dizer, isto é, que a visita guiada não era gratuita e que ele achava que eu também tinha de pagar, senão éramos, eu e minha filha, batedoras de carteira, como se, devedoras de oito euros, houvéssemos roubado aquela história — se bem que, não, muito obrigado, mas uma história dessas não vou roubar —, antes, portanto, de compreender que, sem pagar, não poderíamos estar nem diante nem dentro daquele painel, que havíamos nos juntado tarde demais ao grupo de pagantes; antes, enfim, de eu atentar para isso ou no momento mesmo em que o fazia, vieram-me as lágrimas, embora eu não estivesse chorando, de jeito nenhum, alguma coisa chorava em mim, chorava inclusive aquele homem em mim, ainda que isso não fosse necessário, porque ele estava com a razão, não havíamos pagado, ou, antes, havíamos, sim, pagamos, sim, mas sempre tem alguém que não pagou.

2. Rosa e os mudos

SCHIMON, O QUE OUVE

*Quando uma pessoa não se encontra,
ela é engolida por sua tribo.*
Antigo provérbio chinês

Sete gerações, dizia minha mãe, durante duzentos anos, nós
— minha mãe sempre dizia *nós* — ensinamos crianças surdas-mudas a falar, embora ela jamais tivesse dado aulas a surdos-mudos,
lecionava história e decerto não podia acreditar que ensinar surdos-mudos e dar aulas de história eram um único e mesmo ofício;
quando dizia isso, porém, soava como se estivéssemos presos para
sempre àquela dedicação altruísta, como se tampouco às gerações
futuras fosse permitido libertar-se do dever do *nós*, do dever de ensinar os outros, de viver para os outros, sobretudo para os filhos deles. Essas sete gerações soavam como num conto de fadas, como
se sete gerações bastassem para alcançar a eternidade, a palavra.

Nós todos lecionávamos, dizia minha mãe, éramos todos professores, assim nos foi dado ser. Ela dizia isso com tanta convicção que era como se se tratasse de um daqueles provérbios tantas vezes empregados em nossa terra, como "clamar no deserto" ou "santo de casa não faz milagre".

A irmã, a mãe, o avô dela e todos os irmãos desse avô, o pai dele e o pai do pai também, todos ensinaram crianças surdas-mudas, fundaram escolas e orfanatos, viveram com suas crianças sob um mesmo teto, compartilharam tudo com elas, não sabiam o que era separar a vida da profissão, aqueles altruístas — minha mãe amava essa palavra —, eram todos altruístas, dizia, e ela tinha certeza de que havia herdado esse altruísmo, mas eu sabia que já não o trazia em mim.

Quando minha mãe me contou como nossos antepassados tinham se espalhado por toda a Europa e fundado escolas para surdos-mudos na Áustria-Hungria, na França e na Polônia, lembrei-me de uma passagem que pensei ser do Velho Testamento, mas é do Novo: Abraão gerou Isaac; Isaac gerou Jacó; Jacó gerou Judá e seus irmãos; Judá gerou Farés e Zara, cuja mãe foi Tamar — e seguem-se outros nomes estrangeiros. Eu conhecia essa passagem tão vagamente quanto minha própria genealogia, mas a mim parecia que também a nossa série de antepassados não tinha fim, que eles, um após o outro, para além de nossa capacidade de visão e do horizonte da lembrança familiar, tinham desde sempre ensinado crianças surdas-mudas a falar. Ouve-se seu ardente sussurrar?

Shemá, Israel, de manhã e de noite, shemá, Israel, ouve, Israel, ouve-me

O primeiro cujo nome conhecemos chamava-se Schimon Heller, ou, em russo, Simon Geller. Talvez ele tenha seguido o clamor de seu nome hebraico, uma vez que Schimon significa "o que ouve", aquele que ouve Deus e é ouvido por ele. O primeiro discípulo que ouviu Jesus e o seguiu também se chamava Simão, pensei comigo, embora essa história nada significasse para meus parentes judeus. Meu Schimon fundou uma escola para crianças surdas-mudas em Viena na primeira metade do século XIX. Ensinava crianças a falar para que fossem ouvidas, do contrário seus irmãos de fé as considerariam mentalmente perturbadas, porque a compreensão e a razão têm sua sede na língua falada, ou assim pensavam à época. Aquele que é ouvido não se olvida: pertence ao grupo.

Som após som, palavra após palavra, dia após dia aprendiam a orar. Eu crescera na família dos povos irmãos da União Soviética, eram todos iguais e todos tinham de aprender minha língua materna, mas não a rezar; a meu *nós* pertenciam todos. Não sem orgulho, estava convencida de que meus antepassados tinham ensinado os órfãos de todos os povos. Por um tempo inadmissivelmente longo, não conseguia imaginar que língua meus parentes de então falavam, que língua ensinavam às crianças. Meu presente cosmopolita me sugeria que haviam ensinado os surdos-mudos a falar todas as línguas do mundo, como se a surdo-mudez, assim como a condição de órfão, fosse uma folha em branco — a liberdade de se apropriar de todas as línguas e de toda e qualquer história. Nosso judaísmo permaneceu surdo-mudo para mim, e a surdo-mudez, judia. Aquela era minha história, minha origem, mas não era eu.

Shemá, Israel, ouve-me, Israel, onde está Israel?

Eu me movia por pilhas de documentos, procurava por nós em escritos antigos e na internet. No resultado da busca, a palavra "surdo" aparecia em amarelo, como se o Google soubesse que o amarelo era a cor do judaísmo, assim como eu sabia que o Google pinta de amarelo brilhante a expressão procurada. Cada história contendo aquele surdo em amarelo transformou-se numa pedra fundamental do meu passado, do meu judaísmo de internet. Talvez meus antepassados tivessem vindo diretamente do Talmude, da história dos dois surdos-mudos que moravam perto do rabino e que sempre o acompanhavam até a escola na qual ele lecionava, sentavam-se ao lado dele, observavam-no com atenção e moviam os lábios de acordo com os dele. O rabino orava e, em algum momento, constatou-se que os dois sabiam tudo que o rabino ensinara a seus alunos: tinham aprendido com os olhos. Tentei seguir todas as demais histórias com o surdo em amarelo, lia as passagens ao redor do amarelo e esperava que aquelas histórias surdas em algum momento começassem a ressoar e a ganhar vida.

No princípio da história da minha família havia uma tradução. Em 1864, o escritor e iluminista Faiwel Goldschmidt escreveu um artigo sobre Simon Geller e sua escola para um jornal de Lemberg publicado em iídiche, um texto cheio de entusiasmo pela personalidade de Simon e pela atuação dele. Sessenta anos mais tarde, esse texto foi traduzido para o russo pelo neto de Simon, Oziel Krzewin, e, sessenta anos depois disso, minha mãe descobriu a tradução de Oziel num arquivo de Kiev, com outros documentos sobre as escolas de nossos parentes. Contudo, já não era possível encontrar o jornal em iídiche com o artigo original de Goldschmidt. Assim, a história de nossa família embasa-se numa duvidosa tradução desprovida de original, uma história que conto agora em alemão, sem que jamais tenha havido um original russo dela.

Sempre com o lápis, dizia minha mãe, eles todos aprendiam com o lápis: a ponta na boca do professor, a outra extremidade na boca da criança. Isso não constava do artigo de Goldschmidt, mas minha mãe sabia das coisas, contava do lápis e se divertia com aquele expediente tão simples, embora a alarmasse a proximidade das bocas. O lápis vibrava, e as crianças sentiam como a fala surgia da língua.

"Para todas as enfermidades, mesmo para as mais graves, Deus, nosso Senhor, provê uma cura" — assim traduziu Oziel Krzewin o artigo sobre o avô, como se se tratasse de um dos santos da vida dos judeus. Passados dois anos, as crianças eram capazes de aprender a ler e escrever em hebraico e em alemão e exibiam total proficiência em leitura labial. Depois de cinco anos, a capacidade de falar dos discípulos de Geller era tal que sua fala mal se distinguia da de outras crianças, agraciadas com o dom da audição. Moviam suas línguas pesadas, erguendo as pedras dos sons; também seu profeta, Moisés, tinha a boca e a língua pesadas.

Certa vez, quando Simon ainda estava em Viena, um homem adulto foi a sua escola. O pai dele havia morrido e ele não podia rezar, porque era surdo-mudo. Queria aprender a fazê-lo na língua dos sons e, tão logo aprendeu, foi ao cemitério e ao túmulo do pai morto havia muitos anos, para ali dizer o kadish. Até os jornais haviam escrito sobre isso.

Na tradução, Oziel acrescentou ao Geller seu próprio sobrenome, Krzewin. Queria indicar o parentesco? Ou aquilo já constava do texto original, um sobre-nome que Simon adquirira por merecimento? Quem carrega o sobrenome Krzewin, diz-me um amigo polonês, difunde conhecimento; *krzew* significa "arbusto", diz outro, talvez teus Krzewin tenham plantado árvores. Mas os judeus não tinham terra nenhuma, plantavam suas árvores no ar; gostei do fato de até no sobrenome meus antepassados darem testemunho de seu enorme impulso pedagógico. Folheei *A história do judaísmo*, em seis volumes, *A história do judaísmo na Europa do Leste*, em dois volumes, *A história do judaísmo*, volume único, e revirei as prateleiras de judaísmo da biblioteca.

Nos muitos e volumosos livros sobre Viena e suas instituições para surdos-mudos, não encontrei nenhum Simon Geller. A obra fundamental sobre o instituto austro-israelita para surdos-mudos de Viena, intitulada *Das Allgemeine österreichische israelitische Taubstummen-Institut in Wien, 1844-1926*, menciona um Simon Heller, e bem à época de nossos Heller ou Geller, mas ele dirigia um instituto para cegos. Só pode ser ele, disse a senhora no arquivo: no mundo pequeno da pedagogia para deficientes, só pode ter havido um único Simon Heller.

De Viena, a escola perambulou pelo interior polonês, pela Galícia, como um circo ambulante, mas ficava pouco em cada cidade, cada cidadezinha, cada *shtetl*, e então Simon seguia adiante com a família, os órfãos e com aquelas crianças que os pais lhe confiavam.

Eu olhava e ouvia com atenção, pensava nos incontáveis altruístas do Iluminismo judaico que, animados pela ideia de difundir conhecimento, levavam-no adiante de boca em boca. Para esse povo obcecado pelo ouvir, a língua falada era tudo. Eu gesticulava, chamava, abria os lábios, experimentava a todo momento o *Shemá, Israel*, sempre de novo, *Shemá, Israel*, como se jamais em minha vida tivesse falado, sacudia o ar, *Shemá, Israel*, queria tanto ser ouvida, experimentava minha língua, minha fala, tentava contar as histórias, transportá-las para meu alemão estrangeiro, contava as histórias uma a uma, mas eu mesma não ouvia o que estava dizendo.

UM VOO

Eu não perdia de vista o professor, Schimon, quando ele, de volta de uma viagem para coletar dinheiro, caminhava apressado pela cidadezinha de construções vergadas pela idade, naquelas ruas laterais morava Deus, Polônia, Polyń, Polonia, Polania, *po-lan-ya*, aqui-mora-Deus, três palavras hebraicas que fizeram da Polônia eslava uma terra prometida dos judeus, e todos moravam ali, aquela gente compelida pela língua; não o perdia de vista enquanto ele caminhava para suas crianças pelas ruazinhas estreitas e quando, depois, passada a esquina seguinte, se desprendeu do chão e alçou voo pelo céu estrelado sobre a cidadezinha, voar — por que não? —, quando são tantas as preocupações, voar enamorado, sonhador, tantas crianças, as próprias e os órfãos, como estrelas no céu, como seiscentos e treze mandamentos, mais do que isso não se pode contar numa caminhada, eu tentei, voam todos na direção da manhã, paralelamente ao tempo e ao espaço, às vezes transversalmente, seguindo a trilha do próprio voo e os livros sábios e severos que nunca vamos ler ou entender, os caminhos da cidadezinha cintilam um verde-escuro, meu passeio noturno, minha caça a Schimon, o professor, que enfia as bolinhas coloridas de vidro trazidas de Viena nos bolsos de seu casaco preto vagabundo, mais preto que a noite, balinhas trazidas de Lemberg, meio azedinhas, porque a fala precisa ser saborosa, um lápis ele sempre leva consigo, pelo céu lhe dão caça uma *kościół*, uma igreja ortodoxa, um jarro, um candelabro, uma ventania, a noiva do vento num céu cheio de objetos voadores, mais uma igreja, com torres de cobre terminando em bulbos, uma cruz torta e dourada, depois um violino e uma flor azul de um jovem de olhos grandes e cílios compridos; descrevem ainda dois ou três círculos sobre o chão de sua

amada Polania, de sua Polônia prometida, a casa de Deus, e aqui
poderia começar a história de uma família, de um clã, talvez até
mesmo esta história.

O PORTÃO

Minha primeira viagem ao exterior levou-me à Polônia.
Foi no verão de 1989, e o país tremia sob a terapia de choque,
como era chamado o experimento econômico que liberara os
preços. Tínhamos apenas seis dias, um deles dedicado a Oświęcim. Lembro-me da vista à janela para a paisagem plana que me
pareceu familiar, como se eu nem tivesse viajado, as pequenas
colinas e a extensa planície, a vegetação modesta e as cores algo
desbotadas; lembro-me de meu vizinho no ônibus, de conversas
sobre um festival de música em Cracóvia e de uma lojinha à
entrada de Oświęcim, repleta de objetos que nada tinham a ver
com o memorial e onde se podia comprar prata bem barato,
correntes, anéis, cruzes, talvez houvesse outras coisas também,
de que agora já não me lembro com nitidez. Todos que já tinham ido à Polônia haviam voltado de lá com prata. Comprem
prata!, essa era a palavra de ordem. As pessoas logo adquiriam
um gosto por aquelas lojas, e algumas senhoras no ônibus tra-
ziam ferros de passar roupa e bobes para os cabelos, a fim de
revendê-los na Polônia com algum lucro. Eu me lembro como,
dentro de mim, a ânsia de comprar alguma coisa sem falta —
uma correntinha, por exemplo, embora eu na verdade não pre-
cisasse de nenhuma — lutava contra a vergonha de justamente
ali, diante daquele portão, pensar em dinheiro e lucro; afinal,
eu vinha de boa família, algo que entre nós significava refrear
a ambição, o que não era difícil com nossa falta de dinheiro, e
refreá-la conferia dignidade à pessoa e confirmava sua decên-

cia. Mas um novo tempo havia começado, e alguma coisa já não se coadunava com nossas normas morais vigentes para todo o sempre. Se eu não comprasse a correntinha, pensei comigo, com certeza me arrependeria mais tarde da oportunidade perdida de por fim me integrar, pertencer ao grupo daqueles que podiam comprar, porque finalmente havia o que comprar, e, se todos estavam comprando, então com certeza era um bom investimento. Investimento era uma daquelas palavras novinhas em folha e, assim sendo, comprar ali, na entrada de Oświęcim, uma correntinha de prata de verdade não podia ser coisa tão ruim. Não era um ato imoral, e sim em consonância com os tempos, permitir-se ali algo terreno, em sinal da vitória contra o fascismo, por exemplo. Contudo, quanto mais eu tentava me convencer disso, mais aumentavam o conflito interior e o sentimento de que aquele não era lugar para ser pragmática. Com a respiração pesada, ou assim creio me lembrar, optei por um meio-termo e comprei três correntinhas para dar de presente, como se o ato de presentear eliminasse a questão do bem e do mal. Comprei uma para minha mãe, outra para a melhor amiga e uma terceira para qualquer eventualidade. Mais tarde, acabei ficando com essa terceira correntinha, até que uma espécie de desconforto me levou a, semiconscientemente e não sem um leve arrependimento, perdê-la. Até mesmo Karl Marx tinha escrito alguma coisa sobre grilhões que se perdem no caminho para a liberdade.

Depois de comprar as três correntes, alcancei o portão de Oświęcim e, desse ponto em diante, minha memória parou de funcionar. Dali em diante, não me lembro de coisa nenhuma. Várias vezes tentei fazer minha memória se esgueirar pelo portão, apenas para uma visita — em vão. Nem sinal de alguma lembrança. Estive lá, mas não guardo sensação nenhuma e só volto à tona no dia seguinte, quando entramos numa bela cidadezinha do sul da Polônia, dotada de uma praça central pitoresca e de uma *kościół*, uma igreja nova construída ao estilo parco-moderno. Só voltei a mim à visão do jovem padre, que contemplei como uma criatura desconhecida, tanto para mim como para toda a ciência, como se fosse o primeiro ser humano que eu via, como se eu tivesse acabado de surgir de sua costela e, terminado o dilúvio, ele não tivesse como saber que eu era da sua espécie. Contemplava suas narinas bem delineadas, os olhos com cílios feito um leque voltados para a Mãe de Deus, as mãos de dedos longos e virtuosos em demasia, como se tudo que fosse humano constituísse novidade para mim, toda a anatomia que agora, sabe Deus por quê, a batina escondia, e enquanto ele nos contava entusiasmado e em voz baixa sobre sua nova paróquia, não pude me concentrar em suas preocupações, de tão bonito que ele era, além de todas as medidas. Se tivesse conseguido me concentrar, teria precisado dar passagem a minhas lembranças do dia anterior, à palavra e aos acontecimentos, como concentrar pessoas e como se concentrar; em vez disso, algo em mim perguntava que negócio era aquele de celibato e de vontade divina, se eu o queria tanto. Lembro-me muito bem de que acreditei firmemente em Deus naquele exato momento em que confundia beleza com desejo, uma crença que só se fez possível por eu ter me esquecido de algo que, no entanto, não sabia bem o que era.

Minhas companheiras de viagem, adornadas e equipadas com prata, aquelas mulheres de Kiev, que, na Polônia da época, eram tidas como russas, estavam extraordinariamente quietas naquele dia, não piavam nem papagaiavam; pelo contrário, faziam ao padre perguntas sensatas sobre Deus, os comunistas e sobretudo sobre as reformas econômicas, e aquela seriedade dava testemunho de que tampouco elas haviam de fato acordado de seu pesadelo, cujas imagens fantasmagóricas seguiam galopando diante de seus olhos sobre pernas longas e finas.

É claro que sei que atravessamos aquele portão, sei o que o encima, da mesma forma que sei quanto são dois mais dois, sei a letra de *Frères Jacques* ou as palavras do Pai-Nosso, ainda que este último eu não conheça tão bem; sei muito bem o que encima o portão e sei que é por isso que tanto detesto o trabalho, até mesmo a palavra, *Arbeit*, que nenhum dinheiro, nenhuma poesia jamais será capaz de libertar daquele dito, daquela maldição, e sei também que não consigo me posicionar em relação ao trabalho, porque sempre me pergunto para onde ele há de me levar, e é verdade o que se diz ali sobre a liberdade, e aí não há solução. Sei por onde correm os caminhos, sei o que havia ali para ver, o que teria podido ver, até porque, mais tarde, vi diversas vezes as barracas, contêineres como os dos atacadistas, e toda a área, vi-as com frequência suficiente para guardá-las na memória, mas daquele dia não me lembro de nada.

Tentei sobrepor impressões posteriores a essa amnésia, que me parecia uma lâmina espessa de vidro fosco, mas nada perdurou, tudo desapareceu como a folhagem que cai, e eu via apenas um dia dourado de outono, ladeado por uma floresta mista na borda de uma pintura.

O FIO DE ARIADNE

Muitos anos se passaram desde a morte da minha babuchka Rosa, mas sigo encontrando seus grampos, os grampos pretos soviéticos de um metal flexível que desconheço; com o colapso do império soviético, esses grampos sumiram do mercado, talvez porque a matéria-prima viesse de uma de nossas repúblicas, as hastes em si fossem produzidas em outra e o conjunto fosse embalado em algum lugar da Ásia para, depois, ser transportado para o centro do império, já que, àquela época, tudo era produzido com arbitrariedade planejada. Encontro os grampos de Rosa em todas as cidades do mundo, nos hotéis, em estações ferroviárias modernas, nos corredores dos trens e em casas de estranhos, como se Rosa tivesse estado nesses lugares pouco antes de mim, soubesse da minha desorientação e, com seus grampos, me mostrasse o caminho de casa — ela, que, no seu tempo, nunca viajou para o exterior.

Em seus últimos anos de vida, Rosa escrevia suas memórias sem cessar e com grande pressa, escrevia-as a lápis em papel branco. O papel amarelava logo, como se pretendesse antecipar seu envelhecimento natural, mas a cegueira de Rosa foi mais rápida. Ela não numerava as páginas, apenas as depositava umas sobre as outras. Será que pressentia não ser necessário definir uma sequência exata, uma vez que já as linhas eram indecifráveis? Muitas vezes, ela se esquecia de apanhar uma folha nova e escrevia várias páginas sobre uma única e mesma folha de papel. Uma linha invadia a seguinte, outra vinha por cima, elas se sobrepunham como as camadas de areia na praia; obedecendo a uma força natural, enredavam-se naqueles rabiscos a lápis como a renda tecida em crochê.

Rosa rabiscava suas linhas contra a cegueira, enganchava os fios de seu mundo que se apagava. Quanto mais escuro à sua volta, tanto mais ela rabiscava. Várias passagens eram inextricáveis como lã emaranhada, o preço das batatas ao final dos anos 80 enroscava-se a histórias do tempo da guerra e a encontros fugazes. Uma ou outra palavra escoava pela brenha de lã, "doentes", "Moscou", "sacrifício". Durante muitos anos, achei que era possível decifrá-las, há aparelhos nos Estados Unidos capazes de desemaranhar linhas assim; até que compreendi que os escritos de Rosa não eram um registro para ser lido, e sim um ponto onde se apegar, um grosso e inextricável fio torcido de Ariadne.

Ela ficava sentada junto ao peitoril da janela em nosso edifício da ulitsa Florentsi como a uma mesa. Via lá fora tão pouco quanto dentro, e escrevia.

A única coisa que ainda escrevo à mão são números de telefone, numa agendinha pequena comprada há anos em Florença e adornada com a caligrafia de Leonardo da Vinci, e quando vejo os cultivados arabescos de Leonardo, provindos de uma época em que ainda se acreditava que o ser humano era a medida de todas as coisas, sempre penso naqueles ilegíveis rabiscos rendados da babuchka.

As mãos de Rosa, sempre vivazes na língua de sinais, tampouco encontraram repouso na aposentadoria; ela queria cozinhar, mas não podia porque não via nada, suas mãos seguiam agora outras leis. Tinha passado a vida inteira com surdos, falara todo dia a língua de sinais, seus alunos a chamavam mi-ni-a-tur-na-ia-mi-mi-ka, mímica em miniatura, como se esse fosse seu nome, como se tivessem contado as sílabas de seu nome completo, Ro-sa-li-ia-A-si-li-iev-na, traduzindo-o em gestos e, então, em língua falada, para que também nós pudéssemos compreendê-lo. Entre todas as pessoas dotadas do sentido da audição, Rosa era quem possuía os gestos mais belos e comedidos, contou-me uma professora de sua escola.

Quando a conheci, ela estava quase cega, mal podia distinguir contornos e me confundia com meu pai ou meu irmão — nunca com minha mãe, filha dela, porque minha mãe quase nunca estava em casa. Rosa havia ingressado numa associação para cegos e percorria a cidade toda, levando a outros cegos pacotes com gêneros alimentícios que a associação distribuía: um franguinho magro e lívido, um saco de trigo sarraceno, um pouco de leite condensado e uma lata de arenques pequenos defumados. Durante um bom tempo, não entendi por que ela ajudava outros, muitas vezes não tão cegos quanto ela, ao passo que ninguém a ajudava.

Uma vez, eu a vi atravessar a rua, ela não podia ver o semáforo nem os carros, mas em compensação via seu objetivo secreto, oculto aos demais transeuntes: os cegos e seus pacotes de víveres. Rosa precipitou-se rumo à pista como se fosse um palco. Antes que eu pudesse gritar, lá estava ela, no meio do tráfego que rugia incessantemente. Os carros freavam como se uma mão invisível os detivesse com suavidade, não se ouvia brecada nenhuma, como se, por um breve momento, tivéssemos passado para o mundo dos surdos. Estava claro que Rosa tinha anjos que cuidavam dela. Até hoje é um mistério para mim como ela conseguia encontrar os pontos de bonde, os números, os endereços, as entradas dos edifícios, os andares, os apartamentos e as pessoas.

Rosa era independente e obstinada, não admitia que ninguém a ajudasse nem lhe passava pela cabeça que pudesse precisar de ajuda. Em segredo, guardava dinheiro para o próprio funeral, como faziam muitos velhos que não queriam ser um fardo para ninguém, nem mesmo depois da morte. Então veio a perestroika, os preços foram às alturas, como os gigantes em nossos contos de fadas, e as economias de Rosa desapareceram.

Toda vez que o ponteiro de um medidor que desconhecíamos atingia certa marca, a babuchka descia até a padaria. Comprava um quarto de pão e o escondia debaixo do travesseiro. É assim que se engana a morte: você compra um pedaço de pão, e a morte não pode te fazer mal algum. Quanto mais velha ela ia ficando, mais fundo mergulhava de volta na guerra. Minha mãe sempre ficava horrorizada cada vez que encontrava um daqueles pedaços de pão; era uma síndrome de guerra bastante difundida, para a qual ninguém conhecia antídoto.

Eu me lembro como a babuchka se sentava ereta diante da televisão, do lado esquerdo, bem diante da tela, e passava horas ali, já sem óculos, porque os óculos não podiam mais lhe oferecer ajuda alguma. Seu perfil se destacava no preto e branco cintilante da imagem. Eu nunca assistia à televisão sem ela e, muitos anos mais tarde, percebia ainda sua silhueta diante dos olhos quando via TV ou ia ao cinema, como se sua imagem tivesse se fixado em meu nervo óptico. Certa ocasião, diante da TV, ela se pôs a cantar junto a Internacional: "Senhores, patrões, chefes supremos, nada esperamos de nenhum [...] para sair desse antro estreito, façamos nós por nossas mãos". Em russo, estávamos ainda mais unidos na miséria desse antro estreito; ela acreditava nisso, e eu acredito nela até hoje.

A cegueira crescente, por mais penoso que tornasse o dia a dia, parecia uma honrosa distinção, já que, em troca, a surdez a poupara. Sua audição se aguçou, refinou-se a ponto de ela começar a ouvir vozes que não mais existiam havia muito tempo. Quanto mais cega ficava, tanto mais seu canto evocava o mundo da juventude.

Rosa queria ser cantora de ópera ou entrar para a opereta, porque amava dançar, muitas vezes saía às escondidas de casa quando jovem, daquela escola altruísta para surdos-mudos, e ia sozinha à opereta. Tornou-se logopedista e pedagoga especializada em surdos, dançava e cantava para seus alunos sempre que podia. Aos setenta e cinco anos, ainda cantava para mim trechos de suas obras preferidas: *O barão cigano, O morcego, A bailadeira*, e Verdi, sempre.

"Ó Deus, que culpa tenho de amar Alfredo", ela cantava, como estranhamente diz a tradução russa de "l'amore d'Alfredo perfino mi manca". Anos mais tarde, descobri que se tratava da ária de Violetta em *La Traviatta*; toda vez eu me assustava, de tão apaixonado que era seu canto, de tão estranha e presente que me parecia aquela paixão da minha babuchka, que vivia sem marido fazia quarenta anos. Rosa conhecia dezenas de árias italianas em tradução russa e acompanhava a si mesma, cega, ao piano preto que ficava no meu quarto.

Ela e a filha mais velha, Lida, ainda haviam ensinado crianças surdas-mudas; minha mãe e eu, não mais. Restou-nos, porém, a mímica, os gestos. Ao falar, agitávamos as mãos, como se, sem esse acompanhamento, nosso discurso nem fosse digno do nome, não estivesse completo. Erguendo uma mão ou outra, entrelaçando os dedos — pequenos movimentos sem sentido nem propósito, em contradição consigo mesmos —, tecíamos ornamentos no ar; nós, as sucessoras, gesticulávamos, mas ninguém entendia nossos acordes, nem mesmo nós, que já não tocávamos piano; pouco a pouco, desaprendemos a linguagem das mãos e tateávamos no vazio.

Quando Rosa ficou velha e não dava mais aulas — nunca a vi conversar com ninguém na língua dos sinais —, ela fazia belos movimentos desnecessários à mesa da ulitsa Florentsi, como se tivesse de fato nascido na Itália, e não parava nem mesmo ao manejar garfo e faca, os talheres frequentemente caíam no chão, facas voavam pelo ar. Outros haviam herdado talheres de prata; nós, a inabilidade no trato com garfos e facas de aço inoxidável. Quando tia Lida parou de trabalhar na escola para surdos-mudos, começou a fumar e, ao falar, refreava o voo rápido das mãos com o cigarro e o fósforo. Inspirar. Expirar. Pausa! Marina, filha de Lida, tricotava incessantemente, mas não o fazia no ar, como os surdos e seus professores: tricotava pulôveres, meias, saias, tudo, até biquínis; só eu fiquei de mãos vazias diante do teclado do computador.

O mais importante, porém, eram suas pernas, disse minha mãe, Rosa tinha orgulho das próprias pernas e, cá entre nós, entre as de todas as mulheres da família, as de Rosa eram as mais belas. Minha babuchka tinha mesmo pernas muito bonitas, era ágil, até no hospital, pouco antes de morrer, mostrava às enfermeiras como dançar o charleston, e isso enquanto elas arejavam o quarto, o que obrigava Rosa a se levantar, a despeito das dores que sentia; ela só conseguia ou ficar deitada ou dançar. Minha mãe foi visitá-la e a viu dançar, o que, depois do infarto, ela estava rigorosamente proibida de fazer, todos sabiam disso, e então, conta minha mãe, Rosa fez um discurso diante de todos os doentes, falou dos anos 20 em Moscou, de como tinha aprendido a dançar e, dançando, falou da Nova Política Econômica e do discurso de Trótski ao qual assistira na Molokokoopsoiuz, a cooperativa de leite, e de como Trótski tinha levado uma vaca até o palco — está bem, talvez não ele próprio, comentou minha mãe, e sim alguma outra pessoa, enquanto ele discursava —, e pensei comigo que tinha sido o charleston a lembrar minha Rosa de Trótski e de sua vaca; com leveza, ela dançava pela história universal.

As pernas das mulheres da família foram piorando a cada geração, entortando-se literalmente, disse minha mãe, e falava sério, embora gostasse de brincar; aquilo se devia ao fato de elas terem passado séculos de pé diante de seus alunos, seis dias por semana. As pernas entortaram-se cada vez mais, os pés foram ficando chatos, tão chatos como os dos cisnes, disse minha mãe, como se ela acreditasse a um só tempo na evolução darwiniana e nas metamorfoses de Ovídio e estivesse apreensiva quanto ao que seria de mim.

Na foto, vê-se meu avô Vassili, um homem bonito, dotado de um rosto afilado e traços elegantes. Está apoiado no joelho esquerdo; sobre a mesa, uma toalha pesada com franjas, em cima da qual repousa um cesto repleto de rosas. Atrevida, Rosa dança em cima da mesa um trecho de uma opereta de Kálmán, "A bela, bela, bela do cabaré". Eu não mudaria nada nessa foto, apenas empurraria o cesto de rosas um pouco para o lado; trata-se ali de um pedido de casamento, foi o que nos contaram, um cesto cheio de rosas, e Rosa, a logopedista, em cima da mesa.

Quando as dores no coração se intensificaram, e Rosa chamou Anna e Liolia — sua mãe e sua irmã, que tinham percorrido a Bolchaia Zhitomirskaia ao encontro da morte —, minha mãe me enviou um telegrama a Leningrado. Rosa morreu num dos últimos andares do hospital. Dez minutos depois de sua morte, minha mãe se aproximou da janela e me viu, lá embaixo, atravessando às pressas o pátio imenso e deixando meus rastros na neve que caíra durante a noite: como um pássaro, disse ela.

A ÚLTIMA MÃE

Fugindo da guerra, depois de meses de peregrinação, minha avó Rosa encontrou trabalho numa cidadezinha chamada Kinel-Tcherkassi, ao sul dos montes Urais. O chefe distrital lhe confiou duzentas crianças, e Rosa deveria construir, dirigir e administrar um orfanato para duzentas crianças semifamintas provenientes de Leningrado, nenhuma das quais podia morrer. O chefe distrital quis ainda acrescentar alguma coisa, minha mãe me contou, mas teria se engasgado na tentativa e, em seguida, prometido ajuda a minha avó; o não dito ficou no ar, e era algo como "sob pena de fuzilamento". Talvez a expressão pairasse no ar simplesmente como um hábito, uma rotina dos tempos de guerra, já que ameaça semelhante continha inclusive a famosa fórmula "Nem um único passo atrás! Às nossas costas está Moscou!". As palavras "sob pena de fuzilamento" ficavam na ponta da língua, era preciso contenção para que não escapassem assim, casualmente, como o grasnado da gralha. Talvez o chefe distrital só tivesse querido acrescentar que as crianças estavam muito fracas e que a vida delas corria perigo, caso Rosa não se apressasse.

E foi assim que, na primavera de 1942, Rosalia Krzewina-Ovdienko, ex-diretora da escola para surdos-mudos de Kiev, se tornou diretora de um orfanato nos montes Urais para duzentas crianças vítimas do cerco de Leningrado — uma ordem de guerra. Ela se apressou, e todos ajudaram. Unidades militares a caminho do front doavam às crianças uma parte de suas provisões, colcozes da vizinhança e a população local ajudavam com uma coisinha ou outra, todos passavam fome. As crianças estavam fracas, algumas em estágio avançado de inanição, *distrofiki* que tinham escapado do cerco de Leningrado pela chamada estrada da vida, atravessando o lago Ladoga. Nenhum dos órfãos de Rosa morreu.

Impossível não pensar nas peripécias do destino, nas coincidências de espaço e tempo. Àquela época, Janusz Korczak, vizinho e colega do pai de Rosa, Oziel, em Varsóvia, também precisou partir, e igualmente com duzentas crianças — era outra ordem de guerra. A Korczak ofereceram salvar a própria vida, sem as crianças.

Em Kiev, durante a Primeira Guerra Mundial, Janusz Korczak começara a escrever seu livro *Como se deve amar uma criança*, embora o verbo "dever" não figure no título polonês, apenas na tradução alemã — em polonês, o livro se chama *Como amar uma criança*, só três palavras: "como", "amar" e "criança"; Korczak começara, pois, a escrevê-lo em Kiev, na mesma rua onde, mais tarde, minha avó morou, foram vizinhos de tempo e espaço sem o saber; escrevia em Kiev porque a Primeira Guerra Mundial o levara a minha cidade, depois retornou a Varsóvia. Se meu bisavô Oziel e minha avó Rosa também tivessem voltado à Polônia naquela época, os dois, seus orfanatos, seus órfãos e seus próprios filhos teriam se tornado vizinhos de Janusz Korczak, ali e em todos os endereços subsequentes.

A tarefa mais importante de Rosa como diretora do orfanato consistia em arranjar comida. Ela precisava tomar um pouco de um quase morto de fome para dar a outro, faminto. Rodava dia e noite pelas aldeias, a fim de coletar gêneros alimentícios dos moradores e, certa vez, escapou por pouco de ser fuzilada. Um colcoz distante doara dois barris de óleo para as crianças, uma sorte rara. Quando, à noite, Rosa chegou de volta em sua carroça, um barril estava vazio, mas os documentos diziam "dois barris cheios". Aquilo significava enfrentar um tribunal de guerra por furto. Ninguém acreditava que ela teria sido capaz de roubar, mas a lei da guerra era mais forte que qualquer crença. Lida, a filha mais velha de Rosa e irmã mais velha de minha mãe, então com quinze anos, convenceu os responsáveis a fazer o caminho de volta e, dezenas de quilômetros depois, encontraram uma mancha de óleo.

Devagar as crianças foram recuperando suas forças e, devagar, o controle dos sentidos. Revelou-se, então, que eram pequenas dançarinas e instrumentistas que haviam sido retiradas de Leningrado por ordens expressas do Palácio dos Pioneiros, onde estudavam; acompanhavam-nas seus professores de música e balé. Sapatilhas, não havia, e a pobreza fomentou a modernidade: dançavam descalças e livres, revoando em capas de confecção própria pelo amplo vestíbulo do orfanato. Davam concertos também, nas redondezas e para os militares.

O Quinto Regimento Aéreo da Reserva era mais bem fornido que outras unidades e compartilhava suas provisões com o orfanato. Às vezes os pilotos brincavam com as crianças, sentiam saudade das suas próprias, assim como as crianças, dos pais ausentes. Naquela época, minha mãe tinha dois vestidos belíssimos de seda, um vermelho-escuro, outro azul-escuro, que seu pai havia trazido da Lituânia recém-conquistada pela União Soviética;

ele havia ido para lá em 1940, como agrônomo, para comprar vacas. Rosa levara os vestidos consigo ao fugir de Kiev no final de julho de 1941, levara-os para a filha; não tinham roupa de frio, talvez porque pensassem que, até o inverno, estariam de volta ou, na pressa, talvez não tenham pensado em coisa alguma.

Então aos trinta e seis anos, Rosa ficou dois anos sem ter notícia do marido, estava convencida de que estavam todos unidos no sofrimento e, portanto, nada pedia da vida para si. Morava no vestíbulo do orfanato com as duas filhas, ali, onde os ensaios aconteciam, no meio da dança, do canto e dos prelúdios orquestrais, apartada da arte tão somente por uma fina cortina.

Aquelas crianças eram mesmo órfãs? Ou só eram chamadas assim porque haviam sido retiradas da cidade sem os pais? Alguém fora procurá-los? Ou tinha-se certeza de que estavam mortos? Dizia-se que seus pais teriam morrido de fome no cerco à cidade ou que haviam tombado no front, ninguém investigou.

Uma vez, uma mãe apareceu. Vestia uniforme e estava gravemente doente. Talvez fosse a última que restava entre as mães dos órfãos. Procurava pelos filhos fazia muito tempo, eles estavam ali, um menininho e uma menina de dez anos. Quando a mãe chegou, os dois estavam na escola. Ela conversou longamente com Rosa, que deveria preparar as crianças para a visita. Minha avó teria tentado convencê-la a partir sem ver os filhos, contou-me minha mãe.

A mulher havia sido transferida do front, tinha tuberculose aberta e só queria encontrar suas crianças. A tuberculose era altamente contagiosa, e ela não podia ficar no orfanato; Rosa encontrou um quarto nas proximidades, onde o menino e a menina podiam visitá-la. Duas semanas depois a mãe morreu, os filhos estavam na escola. Era, de novo, dia de concerto, o Coro

Reunido do Orfanato se apresentaria diante de soldados que, no dia seguinte, seguiriam para a frente de batalha. Rosa disse à menina que eles não precisavam cantar. Mas a menina respondeu que não, nós vamos cantar.

MOGENDOVID

Em minha viagem à Polônia em 1989, fui também a Varsóvia, à cidade na qual, em 1905, minha avó Rosa havia nascido, quando a Polônia ainda pertencia à Rússia.

Tudo cheirava diferente. Passeei pelo velho centro reconstruído, entrei em cada igreja, caminhei pelo parque. Depois segui pelas ruas novas e compridas, com seus altos edifícios cinza-claros e sem rosto, como seres antediluvianos com as órbitas dos olhos vazias. A velha Warszawa não existia mais. Ao final de uma dessas ruas compridas, vi edificações antigas e semidestruídas. Erguiam-se qual livros abertos, nuas, o interior voltado para fora, na direção do céu e dos homens, e congelavam ao sol. Em grande parte, tinham sido demolidas, restavam ainda de pé apenas as lombadas e a capa dura, o conteúdo tinha sido arrancado. Na folha de guarda, vestígios da vida de outros, uma intimidade pelo avesso, pequenos quadrados coloridos contendo dormitórios, salas de estar e cozinhas, papéis de parede diversos, quase sempre pichados com palavras que comecei a decifrar, tanto mais lentamente quanto mais eu compreendia, até que entendi que eram inúmeros libelos contra aqueles que não existiam mais. Isso eu não teria podido imaginar que encontraria naquela cidade, na capital de meu primeiro país estrangeiro, terra natal da minha avó, naqueles edifícios feridos, indefesos. Meu olhar seguiu tateando a série de cômodos inexistentes, sem que eu compreendesse por que contemplava tão longamente aquelas profanações, por que fitava a nudez exposta, como se, de repente, num parque ensolarado, um exibicionista abrisse o casaco e não houvesse em parte alguma um refúgio possível daquele encontro indesejado. Como eu teria podido desviar os olhos e para onde, naquela que fora outrora a cidade mais judia da Europa?

Assim, perambulei pela cidade com sua história reconstruída e, não muito longe do monumento a Chopin, comprei um disco, de pura surpresa. Na capa cintilava uma *mogendovid*, a estrela de Davi. A palavra *mogendovid*, que designa a estrela de seis pontas, eu a tinha ouvido pela primeira vez havia pouco tempo. No papel que envolvia o disco, estava escrito algo como *Żydowskie piosenki wschodniej Europy*. Transliterei as palavras polonesas para o russo e agora as traduzo para o alemão: *Jüdische Lieder aus Osteuropa* — canções judaicas da Europa do Leste. A *mogendovid* espreguiçava-se, estirada na capa tão naturalmente como nosso país se estendia da Europa ao oceano Pacífico. Eu a observei como se ela fosse um animal desconhecido que, no instante seguinte, poderia se mover; tateei cada uma das seis pontas, cada volta, cada canto. A vida toda, havíamos pintado estrelas de cinco pontas, as da terra e as que brilham no céu, as estrelas do nosso Kremlin, como dizia uma canção, e conhecíamos também uma outra canção, na qual uma estrela conversa com outra, canção que cantávamos em caminhadas solitárias, mas nenhuma dessas estrelas tinha seis pontas. Nunca antes eu havia topado com uma *mogendovid* em nossa pátria que se estendia interminável, nem como símbolo, nem como objeto.

A surpresa com a estrela de seis pontas não fora provocada pelo fato de que eu sempre quisera ver uma *mogendovid*; nem sabia que se podia desejar coisa semelhante, o desejo tinha sido privado de seu conteúdo, suas raízes haviam sido arrancadas, como o conteúdo dos cômodos daqueles edifícios abandonados. Na verdade, constrangeu-me a surpresa que me proporcionou a visão daquela estrela, pintada com tanto cuidado em azul-escuro sobre fundo branco, com uma pomba colorida no meio.

De volta a Kiev, pus o disco para tocar, e minha avó, que a vida toda falara com um leve sotaque polonês — lembro-me da palavrinha *cacki*, a palavra de origem polonesa para "joias" que Rosa usava para se referir às minhas tralhas, às coisas inúteis, com seu *ts* estalado como um pirulito, um *ledenets* —, minha avó, que, até onde minha mãe e eu nos lembrávamos, jamais dissera uma única palavra em iídiche, desandou a cantar num desabrigado tom menor canções de alegria transbordante, primeiro aguardando as palavras, depois seguindo-as com segurança, junto com o disco, e, por fim, precipitando-se alegremente e antecipando a letra, enquanto eu a ouvia com a mesma incredulidade com que tateara a *mogendovid* na capa do disco. Não fosse a perestroika, minha viagem à Polônia e aquele disco, a janela lacrada da primeira infância de Rosa jamais se abriria para nós e eu nunca teria compreendido que minha babuchka vinha de uma Varsóvia que não existia mais, que somos de lá, quer eu queira ou não, desse mundo perdido do qual Rosa, já quase apartando-se de nós, lembrou-se à beira da partida, no limiar de uma última fronteira.

Como se flagrado pela lembrança, o tempo se espichou e apanhou Rosa, alcançou-me por intermédio daquele disco e despertou as lembranças dela, lembranças que, assim parecia, tinham sido caladas e enterradas como as daquela que, um dia, terá sido sua língua materna, de que nós e ela própria havíamos nos esquecido. Desde aquelas canções que minha babuchka cantou, de um jeito curioso e desajeitado, sentada mas dando pulinhos na cadeira — um movimento que eu jamais a vira fazer —, penso sem cessar nas direções infinitas que nosso destino poderia ter tomado e que poderiam se fazer ouvir em canções bem diferentes. O que teria acontecido se..., o que teria acontecido caso..., e se não tivesse acontecido? O que teria acontecido se, em 1915, tivessem permanecido em Varsóvia ou emigrado, todos juntos, para a América?

Também eu comecei, então, a dar pulos engraçados e desajeitados, como uma agulha num disco velho, saltei a guerra toda, como um território não subordinado a minhas fantasias redentoras, e fui parar nos anos 70, os da minha infância, quando também meus pais já poderiam ter partido. Mas ficaram, para preservar movimentos e objetos há muito em desuso e que não se encontram mais à venda.

VARINHA DE RABDOMANTE

Minha avó Rosa não nos teria entendido, a meu irmão e a mim. Quase aos trinta anos de idade, ele aprendeu hebraico, e eu, alemão. Do nada, como pensamos à época, meu irmão resolveu se dedicar ao judaísmo ortodoxo, e eu me apaixonei por um alemão, duas coisas igualmente distantes da vida e das expectativas de Rosa. O hebraico de meu irmão e meu alemão — essas línguas mudaram nossas trajetórias de vida, por nossa própria conta e risco. Éramos uma família soviética, russa e não religiosa, o russo era a herança orgulhosa de todos que sabiam o que era o desespero; ante o destino da própria pátria, como diz o poeta, *tu és meu único arrimo e amparo, ó grande língua russa, poderosa, verdadeira e livre*, palavras nas quais hoje ouço o *du fröhliche, o du selige*, ó tu, feliz e bem-aventurada. Já não nos definíamos pelos parentes vivos ou mortos e por sua proveniência, e sim por nossas línguas. Quando meu irmão começou a estudar hebraico, a fim de dedicar sua vida ao judaísmo, ele mergulhou na língua sem o receio de quem começa tarde, e sim com o ardor do neófito, sem saber o que fazia, e reconquistou toda a tradição, todo o saber desaparecido de épocas passadas. Minha escolha foi irrefletida, mas lógica. Por meio dessas línguas, criamos juntos, meu irmão e eu, um equilíbrio em relação a nossa origem.

Meu alemão conservou a tensão típica do inalcançável e me preservou da rotina. Com essa língua adquirida tardiamente, fui recuperando meu passado aos pouquinhos como se com pequenas moedinhas, e o fiz com a paixão de um jovem amante, palavra a palavra. Ansiava tanto pela língua alemã porque não podia me fundir a ela, compelia-me um anseio insatisfeito por um amor que não tinha objeto nem sexo, que não tinha destinatário, porque feito apenas de sons impossíveis de captar, indômitos e inatingíveis.

Entreguei-me à língua alemã como se desse continuidade à luta contra a mudez, porque o alemão, *nemetski*, é, em russo, a língua dos mudos; para nós, os alemães são os mudos, *nemoi nemets* — o alemão, afinal, não fala. A língua alemã foi a varinha de rabdomante que empreguei na busca por meus antepassados, que durante séculos ensinaram crianças surdas-mudas a falar, como se, para poder falar, eu tivesse de aprender esse alemão mudo, um desejo que me era inexplicável.

Eu queria escrever em alemão a qualquer custo, escrevia e afundava sob o peso da ração crescente de língua, como se eu fosse a um só tempo a vaca e o bezerro ainda não nascido, berrando e mugindo, parindo e nascendo, valia todo esforço; minhas intraduzíveis estrelas-guias me mostravam o caminho, eu escrevia e me perdia nas sendas secretas da gramática, a gente escreve como respira; sempre quis conciliar consolo e desconsolo, como se essa conciliação pudesse me regalar um gole da brisa do mar.

Com frequência me agarrava à língua com o poder de uma força de ocupação, queria esse poder, como se tivesse de tomar de assalto a fortaleza, me jogar de corpo inteiro na canhoneira, *à la guerre comme à la guerre*, como se meu alemão fosse pre-condição para a paz; o tributo em sangue foi considerável, e as perdas, sem sentido nem misericórdia, como de hábito em nossa terra, mas se até eu escrevo em alemão, então, de fato, nada nem ninguém caiu no esquecimento, e até a poesia é permitida, e a paz na terra.

Meu alemão, verdade e ilusão, a língua do inimigo, foi uma saída, uma segunda vida, um amor que não morre porque nunca o alcançamos, dádiva e veneno, como se eu tivesse libertado um passarinho.

O TREM

Em julho de 1941, quando deixou Kiev, sua cidade natal, minha mãe não tinha nem seis anos de idade. Tudo que ela me contou sobre sua infância girava em torno da guerra. Tinha lembranças do antes, mas na guerra encontrara o que saciava sua fome de grandes sentimentos, seu anseio natural por justiça. A guerra era sua medida para tudo que aconteceu depois.

A guerra a separou de seu pai, foi seu adeus à infância e lançou-a na primeira viagem fatigante pelo país gigantesco. Quando o conflito terminou, o avô dela já não estava vivo, a avó Anna e sua tia Liolia tinham sido mortas e seu pai, Vassili, desaparecera. A mim parecia que suas lembranças do antes — as idas com o avô ao cinema, o edifício Ginsburg no final da rua, outrora o mais alto da cidade — destinavam-se apenas a um posterior reencontro, porque a guerra lançava sua luz em ambas as direções; o antes não existia mais, e a lembrança tornou-se a única prova da existência do passado.

Volta e meia ela me contava da guerra, embora pouco houvesse para contar, apenas umas poucas histórias, duas ou três, mas a partir dessas cores primárias minha mãe pintava todas as demais histórias de sua vida. Sua guerra tornou-se a minha, assim como fiz minha sua distinção entre um antes e um depois, até que, em algum momento, já não me foi possível diferenciar a guerra dela dos meus sonhos e relegar suas lembranças às prateleiras da minha memória.

Volta e meia eu acordava num trem superlotado, as pessoas sentadas em sacos, minha mãe aos seis anos de idade, a irmã dela, Lida, minha babuchka Rosa, todas acocoradas em um canto do vagão de transporte de gado, a viagem já durava dias. Minha mãe jazia no chão do vagão, recoberto com uma escassa camada de palha; ela estava com sarampo. A expressão "vagão de transporte de gado" não me preocupava muito, porque eu sabia que elas viajavam na outra direção, não na da morte, e sim rumo à incerteza.

A mãe dela, Rosa, contou-me minha mãe, aproveitava toda e qualquer oportunidade para ir buscar água, o que só era possível quando o trem parava próximo de alguma estação, e não no meio dos campos sem fim. Os trens paravam sem aviso prévio e, também sem nenhum aviso, punham-se de novo em movimento. Centenas de mães desembarcavam. Certa vez, aconteceu de o trem começar a andar quando Rosa e seu jarro estavam ainda à beira da fonte.

Nesse momento, vejo todas ao mesmo tempo: minha babuchka, minha mãe ainda criança, a irmã dela, a mim mesma. Jogue fora o jarro! Mas o jarro parece parte de Rosa, que corre, a água já se derramou toda faz tempo; por um momento, é como se tudo estivesse perdido, como se ela jamais fosse conseguir alcançar o trem, mas, quando tudo parece perdido, à exceção do jarro na mão dela, Rosa de repente alcança o trem, como num corte de um filme do qual desviamos os olhos por um instante. De que outra maneira explicar que uma pessoa no fim de suas forças consiga ser mais rápida que um trem que retoma sua viagem? Desde a porta de correr do vagão, ainda aberta, as outras mulheres estendem-lhe a mão e conseguem erguer a mãe de minha mãe, minha babuchka, aos trinta e cinco anos de idade. De início, vejo a cena em velocidade acelerada; depois, mais devagar, como se fosse possível encontrar uma explicação quando se contemplam os acontecimentos a uma velocidade reduzida a ponto de permitir ver a guinada.

A vida toda, minha mãe teve a convicção de que teriam se perdido para sempre uma da outra caso Rosa não tivesse alcançado o trem, e que ela teria morrido de sarampo naquele trem, a despeito dos esforços da irmã.

"É sempre o mesmo sonho que se repete", diz a canção que meu irmão costumava cantar ao violão; num ritmo acelerado, veloz, ele cantava: "Sonho que o trem me deixa para trás". Houve outros trens em nossa infância, como aquele "blindado sempre à espera nos trilhos", porque, afinal, éramos "pacíficos cidadãos soviéticos". Esse, porém, não era meu trem; o meu já havia partido, e eu precisava alcançá-lo.

Sempre e de novo o trem se põe em movimento, e eu vejo as bocas escancaradas e os gritos silentes, como num filme mudo, como se todos os sentidos tivessem se transformado em movimento e só houvesse agora o que ver, nada para ouvir. E, de novo, a jovem mulher de vestido claro segurando o jarro se lança à corrida de revezamento, a fim de passá-lo adiante, porque sem água não há sobrevivência; as pernas dela cintilam como num desenho animado, a mulher é mais jovem que eu hoje. Corro melhor, babuchka, e, embora não queira, corro por ela toda vez que me lembro dessa cena, corro por ela, não é uma lembrança, corro por sua vida. No meio da corrida, acordo; eu corro, e o trem retoma a viagem. De cima, vejo as mãos estendidas, estou lá em cima — ou não: lá em cima está minha Rosa, estou embaixo, o trem dispara e é engolido pela paisagem cinza.

FACEBOOK, 1940

Às vezes eu tinha a sensação de me mover pelo entulho da história. Não apenas minha busca, também minha própria vida pouco a pouco perdia o sentido. Queria chamar muitos mortos de volta à vida, mas não havia desenvolvido uma estratégia para tanto. Lia livros ao acaso, viajava arbitrariamente por cidades diversas, fazendo com isso movimentos desnecessários e até equivocados. Mas, com esses movimentos todos, talvez eu tenha — e é apenas uma suposição ousada — sobressaltado os fantasmas do passado, talvez tenha tocado alguma membrana delicada em alguma parte, na camada mais baixa do céu, aquela que um ser humano ainda pode alcançar. E me ocorreu que minha mãe, uma professora obstinada, sempre habitara essa região.

Dessa vez, tocou o telefone. Véspera de Ano-Novo em Kiev, 2011. Minha mãe atendeu.

Meu nome é Dina, diz uma senhora de idade, e ouvi dizer que a senhora está reunindo tudo que pode sobre a escola número 77, em Kiev. Eu me formei nessa escola em 1940. Estou ligando de Jerusalém.

Fazia muito tempo que não recebíamos uma ligação de 1940, de lá soprava um vento tão frio que era como se aquela fosse uma chamada proveniente do além; Jerusalém dava prova disso, como estação intermediária. Minha mãe ficou petrificada com o telefone na mão e só conseguiu dizer numa voz rouca, mas segura: Sim, estou ouvindo.

O telefone foi posto no viva-voz.

Os convidados para o Réveillon se calaram.

Deixamos Kiev imediatamente, logo no começo da guerra, disse Dina com uma voz resoluta. Mandaram-nos para o Daguestão. Na década de 70, emigramos de lá para Israel, nunca mais voltei a Kiev. Acabei de encontrar no Facebook uma de minhas amigas daquela classe de 1940. Ela me disse que a senhora está à nossa procura. Sim, tenho oitenta e oito anos; sei me virar com o computador, minha filha ajuda. A senhora é arquivista?

Não, sou professora de história, respondeu minha mãe, e contou que trabalhava naquela escola fazia quarenta anos e se empenhava para recuperar a história do lugar, se bem que eu diria que minha mãe estava, na verdade, reinventando a história da escola. Há muitos anos, disse ela, montei com os alunos uma peça de teatro sobre os formandos que, no dia seguinte ao baile de formatura — o primeiro dia da guerra —, foram para a frente de batalha; reencontramos alguns deles e os pusemos no palco.

Em vez de responder, Dina começou a listar os nomes de seus colegas de classe, depois os dos professores e de alguns pais também.

Lembrava-se de todos eles, setenta anos depois de ter se formado ali.

Terminada a guerra, e tendo os sobreviventes retornado lentamente a Kiev, do front ou de seu refúgio, ninguém tinha

72

notícia de Dina. Um quarto da classe perecera e, em certo momento, as pessoas pararam de procurar umas pelas outras. Dina era judia e podia ter sido engolida pela ravina de Babi Yar ou ter tombado em alguma outra parte. Às vezes, não se procurava porque se tinha certeza. Mas Dina estava viva.

Onde a senhora morava em Kiev?, minha mãe perguntou.
Não muito longe da escola, na Institutskaia.
Quando minha mãe ouviu o nome da rua, ficou agitada.
Mas onde, exatamente?
Na esquina com a Karl Liebknecht.
No edifício cinza da esquina? Em frente à farmácia?
Isso, confirmou Dina, primeira entrada à esquerda.
Nós também morávamos ali!, gritou minha mãe.
Mas não tinha nenhum Petrovski no nosso prédio, Dina rebateu.
Meu sobrenome é Ovdienko!
Svetotschka!, dessa vez foi Dina quem gritou.

Todos os presentes silenciaram, como se soubessem do que se tratava. Meu pai foi o primeiro a soluçar brevemente. A pessoa que estava telefonando já era adulta quando minha mãe ainda era criança. Não sobrara mais ninguém daquela geração.

Treze anos mais velha que Svetotschka, Dina, de fato, tinha sido vizinha de minha mãe. Ela se lembrava de todos os membros da nossa família e de outros vizinhos daquele prédio anterior à guerra.

Depois da longa lista de nomes, agradeceu: Obrigado, Svetotschka.

Por quê?, perguntou minha mãe.

E Dina agradeceu, setenta anos mais tarde, pelo fato de minha avó, Rosa — àquela época, diretora da escola para surdos-

-mudos —, ter confiado a ela seus próprios alunos, quando Dina procurava emprego. Aquilo acabaria por se tornar a profissão de sua vida; depois da guerra, Dina, e mais tarde sua filha também, se tornou pedagoga especializada em surdos; ela e a filha lecionaram primeiro no Daguestão e depois em Israel, assim como também os filhos e alguns netos da filha se tornaram pedagogos especializados em surdos e logopedistas. Tudo isso por causa de vocês, Svetotschka.

Então Dina contou ainda que se lembrava da morte de meu bisavô, Oziel Krzewin, em 1939. Ouvi quando ele caiu no chão e corri para cima, isso foi no outono. Eu tinha quatro anos, disse minha mãe, mas me lembro também, os adultos ficaram perplexos, porque eu disse: Deixem ele em paz, está cansado! E Dina confirmou: Isso mesmo, foi o que você disse!

3. Minha bela Polônia

POLCHA

I bore my chalice safely through a throng of foes.

James Joyce

Cresci em Kiev e, por essa época, a Polônia, nossa vizinha mais próxima — Polcha, em russo —, era uma terra estrangeira bela e inatingível. Lá viviam mulheres graciosas, os homens tinham modos, ali se acreditava em Deus, apesar do comunismo ou por causa dele, ou talvez sempre se tenha acreditado, e todos iam às igrejas góticas que se erguiam até o céu. Na Polônia, podia-se até comprar goma de mascar.

Muitas vezes, sem motivo nenhum, eu anunciava que minha avó Rosa, Rosalia, tinha nascido em Varsóvia, dizia-o até com certa obstinação. Tinha orgulho de ela ter nascido na Polônia, era um trunfo num jogo que ninguém jogava comigo. Alguns de meus colegas de classe tinham sobrenomes claramente poloneses, como Studziński ou Szczegielska, mas éramos crianças soviéticas, todas iguais, com histórias familiares recobertas pela mesma névoa, o que talvez constituísse precisamente a precondição para nossa igualdade. Eu tinha orgulho como se possuísse, também eu, um sopro daquela graça, dos modos e da fé polonesas, como se também eu tivesse uma postura frondista — humilhada, sim, muitas vezes, mas jamais subjugada, *jeszcze Polska nie zginęła*, a Polônia ainda não está perdida —, e isso apesar de saber que nunca faria parte daquilo, que outrora, em 1905, quando minha avó veio ao mundo, aquela parte do país estava sob o domínio do Império Russo e que minha família era judia. Nos anos soviéticos de minha vida, nunca recorri a meu trunfo polonês, minha *kozirnaia karta*; guardei-o, porém, até que de repente, em Varsóvia, ele me veio a calhar.

Quando conhecia novos poloneses, costumava, em primeiro lugar, me desculpar pelas três partilhas do país e, depois, pelo fato de, em 1944, o exército soviético ter aguardado na outra margem do Vístula até que o levante de Varsóvia fosse esmagado; desculpava-me com os poloneses modernos da Europa por aquilo que pesava também na minha consciência, por Katyń e pelo Kanał, porque tinha consciência daquilo, mas não podia fazer nada, desculpava-me até mesmo por 1981, como se então, qual uma sílfide de onze anos de idade, eu devesse ter salvado o Solidarność. Sim, porque éramos nós os culpados. Eu me alinhava ao Império Soviético, sabedora de suas conquistas mas também do sofrimento que havíamos infligido a outros.

Meu pai era apaixonado por essa pobre Polônia, pela poesia e pelo som da língua polonesa, por essa Polcha *jeszcze nie zginęła*. *Ela* era a manifestação feminina de nosso mundo socialista. Meu pai lia muitos livros em polonês, ainda não traduzidos para o russo, até mesmo *Dublinenses*, de James Joyce, ele tinha lido na língua próxima; e muitos livros russos também, inacessíveis no original, ele e seus amigos liam em polonês. Havia algo nesse seu amor que me confundia. Meu pai, um filho da guerra, pertencente ao povo eleito e quase totalmente exterminado em sua cidade, Kiev, mas sobretudo na Polônia, sentia enorme pesar por essa mesma Polônia: o Kanał, o levante de Varsóvia, as partições do país, Katyń. A tragédia polonesa lhe doía, como se ele só pudesse sentir a própria dor na dor dos outros, numa espécie de tradução. Cuidar da tristeza que trazia em si teria parecido inapropriado a ele. Muitos de seus amigos de Kiev que, nas décadas de 50, 60 e nos anos subsequentes, se sentiam atraídos pela Polônia eram de origem judia, mas sabiam tudo que se passara na Polônia, inclusive no pós-guerra e no trato com os sobreviventes. Nunca levaram a mal os poloneses, porque tinham a outra Polônia no coração, e quando perguntei a meu pai como era possível que amassem a Polônia tão abnegadamente se ela não os amava, ele me respondeu que o amor não precisava ser correspondido.

O ASILO DE OZIEL

Oziel Krzewin, o pai de minha avó Rosa, era professor, diretor de um pequeno internato para crianças surdas-mudas em Varsóvia, órfãs em sua maioria; eu sabia o endereço da casa onde a família havia morado antes da Primeira Guerra Mundial e onde Rosa, sua irmã e seu irmão tinham vindo ao mundo. Moravam todos juntos, a família e os órfãos, e eu imagino uma vida doméstica modesta mas alegre, a árdua labuta diária. Não era uma profissão, e sim uma obsessão familiar: os seis filhos de Oziel tinham também fundado escolas para crianças surdas-mudas na Hungria, na França e na Áustria. Já meus pais, no entanto, não dispunham de informação mais precisa sobre nenhum deles. À procura de Oziel, viajei de Berlim para o leste, para a Varsóvia da antiguidade pré-guerra.

Oziel nasceu cem anos antes de mim em Viena, em 1870. Também disso eu tinha orgulho: nós... de Viena. Como por milagre, sobreviveram em nossa casa uma carteira profissional soviética de meu bisavô e uma nota biográfica que afirmava ter sido ele professor de surdos-mudos em Koło, Kalisz, Limanowa, Varsóvia e Kiev. Depois da morte de seu pai, ele assumira a escola em Varsóvia. Chamava-se Oziel, mas eu ouvia Asil ou Asili, porque, em russo, o O átono é pronunciado como A. De início, pensei que o nome derivava de *asalien* — azaleias —, talvez porque minha avó se chamava Rosalia Asilievna, e alguns diziam Rosalia Asalievna. Já mais velha, eu refletia sobre aquele bisavô que soava tão estranho, pensava em seu nome, que me oferecia a um só tempo origem e refúgio, Asili e seu asilo, proporcionando proteção, um lugar de recolhimento e segurança, um teto para todos. Eu descendia de um homem que cuidara das pessoas mais abandonadas. Os órfãos surdos-mudos eram os principais moradores do asilo de Asili. Pais enviavam seus filhos de Cracóvia, Vilnius e Kiev para a escola de Oziel em Varsóvia.

Nós não esperávamos de forma alguma que, depois de três meses, nossa filha fosse ser capaz de escrever e falar palavras difíceis do russo e do hebraico. E até mesmo de escrever uma carta! Dirigimo-nos a todos os pais infelizes, irmãos no infortúnio, somos solidários a vocês. Enviem, irmãos, seus pobres filhos surdos-mudos a esse professor extraordinário. O endereço é: O. Krzewin — Warszawa — Ciepła.

Oziel era tido como curandeiro, embora fosse apenas professor. Os jornais em iídiche escreviam sobre ele e sua escolinha na ulica Ciepła, reproduziam cartas de agradecimento. Nessas cartas, ouvem-se as vozes de pais exaustos, uma felicidade desajeitada jorra da sintaxe por vezes precária.

A pena não é capaz de descrever o que sinto. Por mais que eu lhe agradeça, seria nada em comparação com o que o senhor fez. Não tenho como exprimir meu júbilo no papel: não tinha como imaginar que meu filho começaria tão rápido a escrever e falar! Vi em sua escola surdos-mudos que aprenderam a falar de um jeito que nem se podia perceber que eram surdos-mudos. Chorei de alegria quando meu filho começou a falar comigo. Que Deus o ajude, para que o senhor seja para sempre feliz.

A carta, de maio de 1914, provém de Kiev. Depois veio a guerra e, em 1915, Oziel e sua irmã, Maria, acusados de espionar para a Áustria, foram levados para a prisão de Sedlets. Acusavam-nos de ocultar jovens do serviço militar? Ou, como é comum nas guerras, surdos-mudos eram tidos como espiões? Quem não fala está escondendo alguma coisa.

Poucas horas depois de ter sido libertado da prisão, Oziel fez as malas e foi embora de Varsóvia com sua família — a esposa, Anna Levi-Krzewina, e os três filhos, Rosa, Liolia e Arnold, de nove, seis e dois anos de idade respectivamente, além de dez órfãos surdos-mudos da escola e do professor Abram Silberstein, também ele surdo-mudo.

Oziel tinha um filho do primeiro casamento, contou-me minha mãe; em 1915, quando o pai partiu para Kiev, Zygmunt devia ter cerca de dezesseis anos. Ficou na Polônia. Quinze anos mais tarde, ele e a esposa, Helena, ou Hela, foram a Kiev para visitar o pai dele, e meu avô Vassili, o marido de Rosa, flertou com Helena, que era polonesa. Isso era tudo que minha mãe sabia sobre Zygmunt.

Para fugir da guerra, centenas de milhares de poloneses foram para Kiev, transformando a cidade por dois ou três anos numa animada cidade polonesa. Oziel fundou a primeira escola para surdos-mudos e, quando a maioria dos refugiados retornou à Polônia, ele ficou em Kiev. Nunca mais pôs os pés em Varsóvia. Em Kiev, abriu a escola com suas dez crianças de Varsóvia e, como sempre, viviam todos juntos numa mesma casa.

Nessa foto, veem-se todos eles. À direita, em pé, está Silberstein, o professor surdo-mudo que viera de Varsóvia, e talvez sejamos os únicos que ainda sabem que ele existiu. Silberstein se matou em 1916 por causa de um amor impossível: tinha se apaixonado por uma moça que falava, queriam se casar, mas os pais dela disseram não.

A escola cresceu durante a Primeira Guerra Mundial e acolhia não apenas crianças que eram surdas-mudas de nascença. No relato de um visitante, li que, em 1919, Oziel encontrou uma moça na periferia da cidade, uma "moça de um pogrom", diz o texto, como se se tratasse de um conceito inteiramente normal. Boa parte dos órfãos surdos-mudos vinham de famílias vitimadas por pogroms, afirmava, sem nenhum comentário adicional, um artigo sobre a escola de Oziel publicado em 1924 no *Proletarskaia Pravda*.

Mais tarde, o orfanato se mudou para um prédio maior, na Bolchaia Zhitomirskaia, que ainda se chamava então ulitsa Lvovskaia. Estudantes, pedagogos, trabalhadores e cientistas vinham de Moscou e Leningrado para visitar a escola, alguns por curiosidade, outros a mando do Ministério da Educação. Graças a esses visitantes, sabemos como era a atmosfera, sabemos da dedicação dos professores, da capacidade das crianças e de seu espírito aberto, como se houvessem despertado para a vida. Por essa época já não se incentivava oficialmente o uso da língua de sinais, mas meus parentes ainda a conheciam bem. Empregavam professores surdos-mudos, e alunos mais velhos davam aulas para os mais novos.

Em pleno centro da cidade, as crianças cuidavam de galinhas, coelhos, cabras, um cavalo alazão e vacas. Além disso, tinham um pavão — um pavão numa escola soviética, um ser divino que não se encaixava em nenhuma teoria de classes, como a própria escola. O pavão era bonito, a beleza era tão importante quanto a capacidade de aprender, e as crianças surdas desfrutavam da beleza das centenas de olhos de um modo que desconhecemos: contemplavam a cauda iridescente que escondia o horizonte, mas não ouviam o grito perturbador do pavão. Aprendiam coisas úteis, costuravam suas próprias roupas, faziam sapatos para outros orfanatos, encadernavam livros e pastas para clientes públicos e particulares e, enquanto isso, absorviam a beleza do mundo, encenavam pantomimas e passeavam pela cidade, moldavam, esculpiam e iam à ópera; é fato que não ouviam os sons, mas o que viram ali os fascinou de tal maneira que, muito tempo depois, seguiam fazendo pinturas que tinham por tema o *Fausto* de Gounod; pintavam retratos de Karl Marx e seus sucessores também, ou pelo menos era o que dizia um relato. A família toda trabalhava: a mulher de Oziel, Anna Levi, e o filho caçula dos dois, Arnold; a filha mais velha, Rosa, minha avó, tinha começado a trabalhar na escola aos dezesseis anos, e talvez fosse ela, com seu entusiasmo pela ópera, que levava as crianças ao balé e à ópera e, depois, dançava e pintava com elas. Também ela parecia acreditar em Karl Marx e seus sucessores. "Não é com os ouvidos, e sim com o coração que ouvimos o chamado de Lênin para o comunismo", dizia um cartaz na escola.

Nos anos 30, o tom dos relatos mudou, os visitantes eram muitas vezes inclementes, e seus pareceres, aniquiladores. Em primeiro lugar, acabaram-se as preces, o hebraico e o iídiche; depois, o programa não convencional de ensino de Oziel. Mais tarde a língua de sinais foi proibida, por ser considerada marca distintiva de uma minoria, de uma sociedade fechada, e, na União Soviética, já não podia haver minorias. Aos internacionalistas, todas as portas estavam abertas, as de uma grande família e de uma grande língua. Oziel tentou salvar suas línguas, opôs-se, firmou compromissos, negociou. Sucedeu-lhe na direção sua filha Rosa.

Morreu na hora certa, como se costuma dizer daqueles tempos. Oziel morreu de infarto no começo de outubro de 1939, numa Kiev ainda em paz. Em 1º de setembro, a Alemanha atacara a Polônia. Em 17 de setembro, as tropas do Exército Vermelho, provenientes do outro lado, marcharam país adentro. Quando Varsóvia caiu e a Polônia capitulou, Oziel estava fervendo

água para o banho, porque era domingo. Com Varsóvia, tombou
Oziel também, que jamais revira sua Polônia.

ULICA CIEPŁA

Eu queria ir para Varsóvia, outrora pertencente ao Império
Russo, hoje à União Europeia. Entre a Varsóvia de hoje e a de
então, jaz uma das cidades mais destruídas da Europa. Eu queria
ir até lá, nem que fosse apenas para sentir o cheiro do ar.

Como russa, viajei da Alemanha à Varsóvia judia de meus parentes, à Polônia, Polcha; tinha a sensação de que minhas duas línguas faziam de mim uma representante das forças de ocupação.
Como descendente dos que lutavam contra a mudez, estava pronta a entrar em ação, mas sem palavras, não falava nenhuma das
línguas de meus antepassados, não falava polonês, nem iídiche,
nem hebraico, nem a língua dos sinais, nada sabia da *shtetl*, não
conhecia nenhuma oração, era iniciante em todas aquelas disci-
plinas para as quais meus parentes se sentiam destinados. Com o
auxílio de minhas línguas eslavas, tentava adivinhar o polonês, no-
ções substituíam conhecimentos, a Polônia era surda, e eu, muda.

O. Krzewin. Escola para surdos-mudos, ulica Ciepła, 14,
Warszawa.

De início, Heinrich Schliemann nem notou sua Troia, porque escavara fundo demais. Eu viajava para uma Varsóvia que
existira duas épocas antes. Para poder ver alguma coisa, precisava ignorar os destroços que jaziam entre mim e aquela época,
cem anos antes.

Basta pronunciar as palavras "Varsóvia" e "judeus" e logo
todos começam a falar do gueto, como se se tratasse de uma

operação matemática: Varsóvia + judeus = gueto. Gueto, dizem os historiadores; gueto, dizem meus amigos; gueto, berra a internet. Tentei me queixar disso na própria internet, como se ela fosse o muro das lamentações dos descrentes, mas também ali topei com os muros do gueto. Tentei me defender, repetia que o gueto, claro, era a coisa mais importante, mas que eu estava ali em busca da minha história, que começara muito antes: minha avó tinha nascido em Varsóvia em 1905, meu bisavô tivera uma escola para surdos-mudos ali até 1915, e ponto-final. Mas meus interlocutores, as pessoas com quem conversava, a historiografia de Varsóvia e seus bem aparelhados postos avançados na internet e na ciência eram maioria, e todos diziam: gueto. Gueto *qua!* Gueto *là!* Gueto *su!* Gueto *giù!* Cintilavam em suas armaduras e ofuscavam meu juízo, até que, em algum momento, capitulei. Minha avó nasceu aqui. Bem no meio da cidade. Pois bem, no gueto, que seja. Não havia gueto nenhum em 1905 e tampouco há agora. Hoje erguem-se bancos onde um dia foi o gueto. O gueto está em toda parte.

Quando Oziel deixou Varsóvia, sua mãe e sua irmã Maria ficaram na cidade, eu nunca tinha pensado nisso; pouco a pouco, porém, uma frase foi tomando conta de mim: quando Oziel morreu, em 1939, não contamos nada a sua mãe em Varsóvia, que já tinha noventa e um anos. E mais outra reluziu: enviamos pacotes para Varsóvia até 1940; depois disso, ninguém mais os recebeu. Por quantos anos essas duas frases estiveram comigo, até que eu as ouvisse?

Enviávamos pacotes para eles. Senti a grandeza dessa frasezinha e pensava o tempo todo no que continham aqueles pacotes que enviávamos de Kiev a Varsóvia: se ainda comiam comida kosher no verão de 1940, quando o gueto se instalou; se meus parentes ainda comiam comida kosher em Kiev e como era, afinal, essa história de kosher em Kiev — que palavra mais aconchegante, *kosher*; e se isso ainda importava em 1940, quando o principal era ter o que comer. Nosso judaísmo, pensei comigo, é como aqueles pacotes, cujo conteúdo já não podemos ver. Dizemos judeu, mas não sabemos o que a palavra contém.

Encontrei a ulica Ciepła no mapa do gueto. Desenhei meu próprio mapa da localização. Seis linhas na horizontal, seis na vertical; na segunda linha de baixo para cima, quase no meio, marquei nosso edifício com uma cruz: Ciepła, 14.

Fazia um frio gelado. Por que sempre viajo no inverno? O traçado urbano parecia caótico. O caminho através do gueto: uma loja de departamentos, um edifício de escritórios, uma academia de ginástica, um hotel Westin, pequenas lojas, um cabeleireiro, um cibercafé, uma padaria, uma ruína de época incerta, outro hotel. Quem mora nesses hotéis todos?

Repetidas vezes caminhei para cima e para baixo na ulica Ciepła. Sabia, é claro, que não havia sobrado nada da minha região, mas ia naquela busca de um lado a outro como um pêndulo, um instrumento de medição, como a própria passagem do tempo, sem desacelerar, como se, por meio daquele movimento pendular, eu cumprisse um ritual que eu mesma ia tateando e inventando, na esperança de reconhecer os contornos do tempo. Em certo ponto, cheirava a pão; em outro, a conexões à internet; eu poderia ter entrado em algum lugar para me aquecer, tomar um chá e comer *pirozhki*, viver, mas ia e voltava. Caminhava sem cessar, ia adiante, acreditando que os velhos edifícios se apresentariam e que o passado me mostraria seu semblante, em respeito a meus esforços insensatos. Para tanto, contudo, não me sentia ainda miserável o bastante.

Em algum momento, senti tanto frio que entrei num supermercado para de novo estudar meu mapa do gueto. Conhecia de cor a nova ulica Ciepła, mas continuava sem saber em que quarteirão se encontrava meu edifício. Diante de mim, cidadãos poloneses bem-vestidos postavam-se numa fila. Faziam suas compras, enquanto eu me ocupava do mundo desaparecido que fora também a cidade dos antepassados deles, e não apenas a de um Outro qualquer. Eram simpáticos comigo, e eu também queria ser simpática com eles, queria muito que algum deles entendesse o que eu procurava ali.

DUAS CIDADES

Como turista, é preciso decidir na companhia de qual catástrofe caminhar pela cidade, se a do levante de Varsóvia ou a do gueto, como se tivesse havido duas Varsóvias, e alguns são da opinião de que foram duas mesmo, separadas por tempo e espaço.

Na Stare Miasto, a cidade velha, os edifícios exibem placas à maneira dos veteranos de guerra com suas medalhas, as placas são dedicadas ao levante, e há tantas que elas seriam capazes de sustentar não apenas o centro da cidade, mas todo o povo polonês. Antes da guerra, crença, comida e língua eram judaicas em Varsóvia, diferentemente da Kiev da minha infância. Agora, os vestígios dessa vida pareciam corpos estranhos. Em 1939, quando a guerra começou, a população de Varsóvia era de um milhão de habitantes, e desses trinta e nove por cento eram judeus. Sempre me espantou como contam com precisão tanto os assassinos como os que prestam seu tributo aos assassinados; aquele trinta e nove mudava tudo para mim. Quando se fala em trinta e nove, já não se está falando em nós e nos outros, e sim em nós e em nossos vizinhos, pensei, em um em cada dois ou três, em você e em mim. Em 1939, trinta e nove por cento.

Como homenagear essa metade da cidade? E como é possível seguir vivendo ali? Se, como em Berlim, se pusesse uma pedra da lembrança na calçada para cada uma daquelas pessoas, todo o pavimento das vielas e ruas de Varsóvia seria de pedras douradas. As pessoas e as outras pessoas, as vítimas e as outras vítimas, sempre havia os outros, viessem de onde viessem, poloneses e judeus, judeus e poloneses; aos mortos em Katyń se permitia que fossem poloneses, mas suas mulheres e crianças seguiam sendo judias e morando no gueto.

FAMILY HERITAGE

No local onde fui procurar o Jewish Genealogy & Family Heritage Center erguia-se um edifício da Peugeot, um arranha-céu de vidro azul-escuro espelhado, uma parede infinita, para a direita, para a esquerda e para cima. Recuei alguns passos e estudei a superfície do prédio, como se fizesse um exame de vista; tateava o vidro à procura do Family Heritage, até que descobri uma placa de acrílico que só consegue ver quem está atrás desse tipo de coisa. Aproximei-me e li. Ela registrava a antiga localização ali da maior sinagoga de Varsóvia, construída em tal data, bombardeada em tal dia, e via-se ainda uma foto. No térreo, ao lado de um supermercado e de carros em exposição, encontrei o Family Heritage e abri a pesada porta.

A busca foi mais rápida do que eu imaginara. Encontrei, disse Anna, mostrando-me uma tabela no computador. Estávamos sentadas bem juntas à mesa do escritório e em poucos segundos tínhamos a grafia correta de todos os nomes. Oziel Krzewin se casa com Estera Patt em 1895, ela me explica, e em 1898 eles têm um filho chamado Szymon, o Zygmunt da sua família. Eu estava ali havia apenas dez minutos e já tinha novos dados e um nome novo, Estera Patt, a primeira mulher de

Oziel. A senhora tem sorte de sua família não ser de Varsóvia, disse Anna. Sorte?

Das famílias de Varsóvia pouco tinha sido preservado, todos os arquivos haviam sido destruídos. Nascimento, casamento e morte da população cristã eram registrados duas vezes, na igreja e na prefeitura, ao passo que, no caso dos judeus, o registro era único, explicou Anna, razão pela qual era possível recuperar parcialmente os dados dos poloneses, mas a perda havia sido naturalmente fatal em se tratando dos judeus. Fiquei pensando naquele *naturalmente fatal*; além de as pessoas terem desaparecido, pouquíssimos eram os indícios de que elas haviam existido algum dia. Anna tornou a falar da minha sorte, como se naquele jogo se pudesse ganhar alguma coisa, como se eu tivesse todos os trunfos na mão. Além disso, prosseguiu ela, sua família tem um nome incomum.

A família Krzewin provém da região de Kalisz. Ela me mostrou as tabelas contendo listas de nomes de meus supostos parentes, dezenas de Hava, Oziel, Rivka, Bajla, Rajzla, Icek, Frajda, Jósef, Natan, outra Rajzla e um Tobiasz. Eram os Krzewin da *shtetl* de Koło, perto de Kalisz.

Tobiasz Krzewin me deixou particularmente espantada. Ele era um dos primeiros nas tabelas de familiares, seu primeiro filho havia nascido no mesmo ano em que Joseph Haydn compôs *Il retorno di Tobia*. Meu marido se chama Tobias, e eu só conhecia o nome no contexto alemão, nunca tinha pensado em *Tevye, o leiteiro* — Tevye, Tobias —, o romance de Sholem Aleichem, e no musical *Um violinista no telhado*.

Restavam ainda Zygmunt e Hela.

Aqui, aqui estão eles, Anna girou o monitor na minha direção, e vi dois *death records* do Yad Vashem. Talvez eu só tivesse viajado a Varsóvia por aquele motivo, para receber das mãos de Anna aquele achado via internet: Zygmunt Krzewin, nascido em

Kalisz, passou a guerra em Varsóvia, foi deportado para Lublin e fuzilado em 1943. Hela Krzewina (Hammer), nascida em Kalisz, passou a guerra em Varsóvia, foi deportada para Treblinka, data da morte: agosto de 1942.

Ainda preciso achar o prédio, eu disse a Anna com toda pressa. De repente, tudo parecia muito devagar, como em câmera lenta. Stara Warszawa, Anna me mostrou um site, a Varsóvia de antes da guerra. Aqui está uma foto da ulica Ciepła, mas não do trecho que a senhora precisa.

Vá até o Janek, ali do outro lado, disse Anna, ele tem tudo.

EBAY NOW

Jan Jagielski tinha bem uns setenta anos e me cumprimentou com a gentileza efusiva de um cavalheiro de tempos passados. Conduziu-me a uma sala espaçosa do *Żydowski Instytut Historyczny*: armários com espessas portas de vidro de moldura pesada, mesas apoiadas sobre patas de leão, cadeiras de madeira escura, prateleiras com centenas de pastas. Estou procurando o número 14 da ulica Ciepła, eu disse, e contei minha história. A Ciepła!, exclamou Janek, eu moro dobrando a esquina, era um bairro de gente pobre. Ele tirou do armário uma pasta rotulada "Distrito de Mirów" e me mostrou fotos da região. Citou Louis Aragon e murmurava consigo mesmo numa mistura de francês, russo e polonês. De repente levantou-se, como se pretendesse me dirigir honrosa saudação, e disse: Aqui está, eis a foto.

Há muitas, muitas pessoas na rua, algumas olham para mim cheias de medo, como se eu fosse a fonte de algum perigo, como se eu fosse o fotógrafo, um dos autores do crime. Estrelas judias. Aqui está o edifício. A senhora tem sorte, disse Janek, esta é a única foto.

Eu já não entendia como podia ter jamais imaginado que havia sido poupada. De algum modo, eu sabia que todos os meus parentes poloneses tinham morrido, os irmãos e as irmãs de Oziel, a mãe dele, Zygmunt, Hela, sua família, o que mais podia ter acontecido? Mas eu nunca tinha pensado neles.

Sorte por quê?, perguntei a Janek.

Comprei essa foto no eBay, ele explicou, que tem se revelado uma boa fonte nos últimos tempos, centenas de novas fotos, os velhos as vendem antes de partir, ou seus filhos. Esta aqui eu comprei de um membro da Wehrmacht por setenta euros, um bom preço.

O ENSAIO

No começo da noite, a caminho de um encontro com um diretor de teatro polonês que tinha acabado de ganhar o Nike de Ouro, o maior prêmio literário da Polônia, por sua peça sobre colegas de uma mesma turma de escola à época da guerra, topei na rua com meu vizinho de Berlim, o que teria sido uma bela coincidência caso eu não houvesse acabado de ler uma peça baseada num livro intitulado *Vizinhos*, que falava justamente de colegas de escola, poloneses e judeus que cresceram juntos, viviam juntos, se gostavam e, então, se voltaram uns contra os outros e puseram-se a matar uns aos outros, *just guess* quem matou quem; eu ia pensando justamente em vizinhos numa cidadezinha polonesa com o nome, para mim impronunciável, de Jedwabne, e em por que alguém mata seus vizinhos — num delírio, nas trevas, num estado mental alterado ou por prazer —, quando, de súbito, lá estava ele, em Varsóvia, meu vizinho, morador de um edifício quase defronte ao meu em Berlim, uma pessoa com quem gosto de conversar.

Estamos ensaiando aqui, disse meu vizinho, que é cantor de ópera e se chama Tobias, como meu marido e o antepassado recém-descoberto; Tobias estava numa produção polonesa justamente da *Oresteia* de Xenakis, estávamos ali, naquele frio gelado, surpresos com nosso encontro, sujeitos a não sei que tipo de prova ou ensaio; mencionei que, naquele exato momento, pensava em vizinhos e em como devia ter sido ali durante a guerra, quando todos eram vizinhos de todos, e ele me contou com entusiasmo sobre a violência naquela ópera de Xenakis, sobre a série infinita de sacrificados e mortos: Agamêmnon mata sua filha, Ifigênia; a mãe de Ifigênia, Clitemnestra, mata o marido, Agamêmnon, quando ele retorna da guerra de Troia; e Orestes mata a própria mãe, Clitemnestra, e é perseguido pelas Erínias; e, depois, a percussão, a famosa cena da percussão, e que legal a gente se encontrar ali, por acaso, muito legal, tchau, mas ao retomar meu caminho ouvi a marcha das Erínias a adentrar a cidade que escurecia depressa.

NIKE

Em minha infância, enquanto lia *Lendas e mitos da Grécia Antiga*, eu desenhava a lápis uma galeria de deuses e heróis, uma página para cada figura. Lia com atenção e repetidas vezes os mitos impressos em letra miúda, tanto que o papel couché da edição de luxo foi paulatinamente se tornando fosco com minhas impressões digitais, o único documento de identidade que eu possuía então, um documento pessoal que deixei nos campos, rochedos e mares da antiguidade grega. Em algum momento, também meu sangue escorreu por aquelas páginas, a primeira hemorragia nasal da minha vida, que, prontamente absorvida pelo solo grego, conferiu aos mitos a tonalidade terracota da cerâmica antiga, como se eu tivesse estado presente nas batalhas gregas e só nos intervalos entre elas frequentasse a escola soviética.

Desenhei todo o Olimpo e seu entorno, Apolo, Atena, Zeus e Artemis, Hércules, Polifemo, Odisseu, Pã com sua flauta e até mesmo as ovelhas encaracoladas. Tinha nove ou dez anos e me inquietava a naturalidade com que os deuses e heróis nos mostravam seus corpos, a nudez de seus músculos, peitos e genitália. Não podia imaginar que nós ou nossos adultos seríamos capazes de fazer aquelas poses, na paz eterna da fruição do corpo, nem mesmo quando sozinhos, quando ninguém estava olhando. Eu gostava do modo diferente de ser daqueles gregos inatingíveis, mas não sabia o que fazer com aqueles órgãos sexuais voltados para mim, como reproduzi-los em minha galeria de deuses e heróis que surgia pouco a pouco, até que encontrei uma solução radical: desenhava os deuses e heróis de costas, como se eles fossem se afastar de nós, como se eu soubesse que os deuses nos abandonariam; desenhava-os de uma maneira que permitia ver seus atributos divinos, mas não seus tesouros humanos.

93

Dessa minha galeria, apenas Nike, a deusa da vitória, sobreviveu a todas as épocas e governos. Tenho até hoje a página com o desenho, uma figura com um traseiro bem torneado e duas asas largas, sem rosto, sem sexo, como um anjo.

O PRÉDIO ERRADO

Liguei para minha mãe e tentei lhe fazer um resumo da situação. Mãe, eu encontrei o Zygmunt, o filho mais velho do Oziel, e Helena, a mulher dele, você sabe, os dois que vieram da Polônia para Kiev para uma breve visita. Estão ambos na lista do Yad Vashem. Não, não é um erro. Na internet. Não, nem sinal da mãe do Oziel e de Maria. Depois despejei os nomes todos como de uma cornucópia, Rivka, Bajla, Rajzla, Icek, Frajda, Józef, Natan, todos os nossos novos velhos parentes, você sabia, mãe, que a primeira mulher de Oziel se chamava Estera Patt? Sim, respondeu ela, claro que sabia, era muda, sim, o primeiro casamento de Oziel tinha sido com uma surda-muda que morreu muito cedo, já contei isso a você umas mil vezes. Não acreditei, ela nunca tinha me contado aquilo. Mas minha mãe insistiu em que já havia me falado de Estera Patt, várias vezes até, e insistiu com tanta teimosia que era como se tivesse me contado numa canção de ninar que a primeira mulher de meu bisavô era surda-muda: Estera Patt era muda, mmm-mmm, Estera Patt era muda.

Foi quando eu disse: mãe, imagine só, encontrei o prédio, ulica Ciepła, 14, não, só vi a foto. E ela respondeu que sim, que era inacreditável, maravilhoso mesmo, mas me desculpe, me esqueci completamente de dizer que o número do prédio que você procura é 16, e não 14. Me desculpe, Katenka, escrevemos 14 por toda parte, mas o orfanato, a escola e o apartamento ficavam no número 16.

Aquilo me fez sentir vertigens. Sentia-me enganada e enganando ao mesmo tempo, quanta gente não tivera de incomodar em busca do meu número 14, e agora era o número errado, meu prédio não era mais meu.

A foto da ulica Ciepła, 14, de 1940, com todas aquelas pessoas que, três anos depois, estariam mortas — eu precisava voltar lá e dizer a Janek que tínhamos encontrado e vivido tudo aquilo em vão, porque meus parentes de antes da Primeira Guerra Mundial tinham morado e trabalhado no número 16: pegue teus mortos de volta, por favor, porque você está diante do prédio errado, no momento errado.

Tornei a contemplar a fotografia. Mas que sorte! Na foto que Janek comprara havia um ano no eBay viam-se dois edifícios, o de número 14 e o de número 16. Examinei os contornos dos prédios no meu mapa do gueto. Estão lá, possuo dois prédios e também as pessoas diante deles, não posso imaginar que alguém mais vá procurar Janek em busca do número 14, nem mesmo por engano.

KOZYRA

Por toda a cidade espalhavam-se cartazes de um casting, palavra que eu já vira no gueto, no anúncio de uma exposição da videoartista Katarzyna Kozyra. Já o nome Kozyra me falava ao coração: em russo, *kozir* significa "trunfo", *kozirnaia karta*; entreguei-me a meu jogo de azar e cheirei o ar; em lugar nenhum me sentia tão perfeitamente perdida como ali, em Varsóvia. Pensava em russo, procurava meus parentes judeus e escrevia em alemão. Tinha a sorte de me mover no abismo entre as línguas, na troca, na confusão de papéis e pontos de vista. Quem conquistou quem, quem são meus parentes, quem são os outros, que margem do rio é a minha?

Várias vezes habitantes do gueto foram usados em filmes de propaganda. Em *A Film Unfinished*, rodado no gueto de Varsóvia e composto de cenas documentais e outras acrescidas posteriormente, de modo que não se sabe qual é qual nem se entende para quem ou para que as gravações foram feitas, é-se obrigado a olhar para os habitantes do gueto por intermédio do olho inseguro de um câmera da Wehrmacht, que tampouco sabia para que estava filmando.

Numa sala escura, projetavam-se vídeos. Minhas mãos seguiam geladas. Com uma barba postiça, Kozyra se infiltrara numa sauna masculina; coberta com toalhas, ela parecia um rapazinho gracioso. Eu continuava na minha guerra, estava congelando e a via observando os homens suados, aqueles outros para os quais ela era um deles, integrada a eles, ou assim lhes parecia, mas ela só o conseguira mediante camuflagem, pela via do engodo. Vitoriosa, passeava sobre a mesa comprida do vestiário masculino como se estivesse num palco, toalhas envolvendo os seios e os quadris, até que, de repente, uma delas cai e vê-se o pênis colado, eu chocada, ela triunfante.

Não sabia o que pensar daquilo depois de meu passeio pelo gueto, naquele meu anseio pelos outros. Você queria jogar, não queria? Não guerra e paz, e sim um jogo no qual você representaria outra pessoa; ela, contudo, já trocou de sexo, e eu fui, então, para além da cortina preta sobre a qual, em letras grandes, lia-se "Casting", e me vi num quarto. Havia papéis para assinar, nos quais eu atestava minha participação voluntária no casting e me declarava disposta a responder às perguntas que me seriam feitas, além da questão do sigilo dos dados e da privacidade.

Fui conduzida a outro quarto com dezenas de chapéus, óculos de sol e estojos de maquiagem. Pus um chapéu vermelho, óculos de sol, encontrei um batom que, na mesma hora, quis para mim e me olhei no espelho; era assim que eu sempre quisera ser, ousada, inatingível, até para mim mesma. Então veio o casting. Fizeram-me perguntas como, por exemplo, como eu me sentia na sauna, cercada de homens, mas eu nunca tinha estado numa sauna masculina, nem mesmo numa sauna mista, embora eu sempre me sinta como numa sauna masculina, tendo a língua alemã como camuflagem; todos pensam que estou integrada, mas não sou daqui. Respondi de forma inábil e inapropriada, o câmera, que conhecia bem sua função, para quem filmava e por quê, ficou nervoso, e pouco a pouco compreendi que eu deveria representar Katarzyna e responder às perguntas como se fosse ela. De novo, não consegui assumir o papel de outra pessoa.

Voltei à sala de maquiagem e segurava o batom na mão, meu achado naquele jogo, um coringa, nunca na vida eu havia tido algo que combinava tão bem comigo, uma ilusão que não sei se se devia à luz ou à escuridão, e pensei comigo que só encontra uma coisa assim quem entra num jogo estranho. O batom era um convite à ação, embolsei-o e o devolvi diversas vezes, queria levá-lo mas não tinha coragem suficiente para praticar um furto, tinha a escolha de permanecer fiel a mim mesma — ou seja, não roubar — ou finalmente sair dos trilhos, agir e roubar, porque eu desejava aquele batom e ninguém mais o queria, era apenas um acessório ali. Mas não consegui e, com o sentimento de que havia perdido também naquele jogo, depositei o batom sobre a mesa.

à noite não consegui dormir, sonhei com a sauna, com o gueto, com corpos nus, curvados pela morte ou pelo prazer, so-

nhei ser outra, homens e mulheres misturados, estava com fe-
bre, contei a katarzyna que também eu me chamava katerina,
tremia, poderia ser polonesa também, disse a ela, *la double vie*,
como está gelado aqui, não tenho obrigação nenhuma de jogar,
poderia ser qualquer uma, mas melhor não, nunca faria isso,
não, melhor não fazer nada, também já me escondi entre outros,
ou não, foi só um show, eu disse show, e não shoa, você disse
shoa, você ou eu, ou um ou outro, não sei se alguma vez estive
entre os meus e quem são eles, meus parentes, essas ruínas em
torno de nós, dentro de nós, e a troca de línguas que pratico
para poder habitar os dois lados, ser eu e não ser eu ao mesmo
tempo, que pretensão, sou diversa mas não me escondo, quente,
no mais sou só, show, shoa, frio, de novo um frio gélido, mas eu
posso fazer de conta, eu e eu e eu, que palavra estranha, como
lugar — que lugar? —, como se eu pertencesse a alguém, a uma
família, a uma língua, e de vez em quando até parece ser assim,
não consigo me esconder, e tudo isso em alemão, essa língua,
meu sexo colado, em alemão a língua é feminina, em russo é
masculina, o que eu fiz com essa troca? posso colá-la em mim,
como você, katarzyna, posso subir na mesa e mostrar, vejam todos, aqui está! aqui embaixo, ah meu alemão! estou suando com
esse meu idioma alemão colado à língua.

LIFE RECORDS

Nomes, datas, três lugares: nascimento, guerra, morte e
nada mais. Na tela do computador, veem-se os *death records* de
Zygmunt Krzewin e de sua mulher, Helena Krzewina-Hammer.
Kalisz-Varsóvia-Lublin, Kalisz-Varsóvia-Treblinka. Os dois fo-
ram os últimos de nosso clã polonês, do qual minha família em
Kiev tinha ainda uma vaga lembrança.

A palavra *death*, esse disco riscado da Death Records, me ocupou de tal maneira com seu caráter definitivo que eu nem atentara para a palavra *testimony*. Se o Yad Vashem possuía um documento sobre a morte, um atestado, então alguém havia de ter sobrevivido, alguém que sabia e informou nomes, datas e lugares. Precisei de meses para baixar os olhos das linhas dos mortos, na parte de cima do documento, até esse sinal de vida, embaixo. Ali havia um nome, um endereço e a palavra "sobrinha". Mira Kimmelman, Oak Ridge, TN, USA, 1992. Eu não podia contar com o fato de que ela ainda estivesse viva, mas quando digitei no computador "Mira Kimmelman Oak Ridge", um portentoso vagalhão precipitou-se sobre mim, Mira, uma sobrevivente do Holocausto, conhecida muito além do Tennessee; se viva, tinha oitenta e sete anos de idade. Mira — a sobrinha de Hela Krzewina, que outrora fora a Kiev com o marido Zygmunt. Estava claro que ela não conhecia meus bisavós, os pais de Zygmunt, porque a coluna deles nos *death records* está vazia.

Em Berlim era noite, em Oak Ridge, ainda dia claro, quando o Google me mostrou palestras, datas de eventos, livros em oferta e uma entrevista com Mira de 5 de maio de 2009 em oakridge.com; era tarde da noite quando escrevi um e-mail à jornalista, na esperança temerária de que ela pudesse me pôr em contato com Mira, e tomara que esteja viva, porque hoje é meu aniversário, mas só em Berlim, em Oak Ridge ainda é ontem; há duas horas não havia Mira nenhuma, e logo a jornalista respondia, enquanto, para mim, era como se eu ainda nem tivesse enviado o e-mail "Mira Kimmelman — my relative"; a jornalista estava tão agitada quanto eu, porque recebera um e-mail de amanhã proveniente de um passado remoto, e me prometeu que levaria a notícia daquele parentesco, como ela o chamou, de imediato, agora mesmo, até Mira, que não tinha computador. Oak Ridge, Oak Ridge, eu repetia, o grito de um pássaro noturno, o primeiro reator atômico do mundo havia sido construído ali. Em 1943, enquanto na Europa do Leste o Gueto de Varsóvia era liquidado, fundava-se a cidade de Oak Ridge como uma comunidade fechada para o desenvolvimento ali do Manhattan Project. Na página do Oak Ridge National Laboratory ainda se lê: "Fundado para fazer a bomba atômica que pôs fim à Segunda Guerra Mundial". Oak Ridge salvou o mundo.

Em minha tentativa de compreender as relações internas, os Leitmotive de minha família, passei horas lendo sobre o reator nuclear de Oak Ridge e, quando pensava comigo que não se devia viver ao lado de um reator, deparei com a data. O reator de grafite de Oak Ridge tinha começado a funcionar em 4 de novembro de 1943. Tínhamos aprendido na escola aquela data, que marcava o início da batalha pela libertação de Kiev, minha cidade natal. Stálin queria que tropas soviéticas marchassem sobre a cidade em 7 de novembro, aniversário da Revolução, e nossos professores queriam que nos lembrássemos disso. Lembrei-me e esperei por alguma notícia de Mira.

Na manhã seguinte, encontrei a resposta dela em minha caixa de entrada, digitada pela jornalista. Mira estava feliz feito uma criança. Não esperara receber notícia de algum parente, menos ainda de tão longe, mas, quanto menor o número dos que haviam sobrevivido, tanto maior a proximidade entre eles. Fez-me perguntas sobre minha família, sobre mim, me recomendou a leitura de seus dois livros, sobretudo *Life Beyond the Holocaust*, e contou-me sobre minhas primas na Inglaterra. Perguntou-me que língua eu preferia falar, se inglês ou alemão — e eu, que receara que já meu endereço berlinense pudesse ser um problema. *Beyond* ficou em minha cabeça, *Jenseits* em alemão, "além", uma palavra apocalíptica, além do bem e do mal. No final do e-mail vinha seu número de telefone. Mas eu estava muito agitada, como se tivesse me apaixonado, e não telefonei.

Encomendei de imediato os livros de Mira pela Amazon, entrega entre quatro e seis semanas, por favor não responda a este e-mail, esta é uma mensagem automática. Escrevi ao endereço *ships from the UK*, a endereços na Inglaterra e nos Estados Unidos, a alguns fornecedores que prometiam me entregar os livros em um prazo de quatro a seis semanas. Expliquei por que precisava dos livros de Mira imediatamente, disse às máquinas o que significava sobreviver ao Holocausto e, depois de mais de setenta anos, ser encontrada por mim, parente de Mira e cliente fiel da Amazon, além do que se tratava de um daqueles raros casos em que o tempo de entrega era tudo. Funcionou. De pronto respondeu-me um certo Hagar Abdelfattah, que prometeu fazer tudo que pudesse para me ajudar, mas em menos de três dias era mesmo impossível, *sorry*. Imaginei-o — um egípcio, talvez — de lanterna na mão, caminhando ao crepúsculo por entre as infindáveis fileiras de contêineres nas docas de Londres, a fim de encontrar *Life Beyond the Holocaust* para mim. Senti a força de Mira, que escapara da morte anônima e agora despertava vozes humanas do anonimato. Para falar a verdade, eu havia contado com isso.

Na internet vi que, do círculo familiar mais próximo de Mira, só duas pessoas tinham sobrevivido: ela e o pai, Moritz. Depois da guerra, emigraram para os Estados Unidos. Já moravam em Oak Ridge quando, com a caligrafia resoluta de um bem-sucedido comerciante de Danzig, Moritz escreveu vinte *testimonies* para o Yad Vashem, sobre seu filho, sua esposa, seus pais, seus irmãos e sobrinhos. Benno, Schlomo, Sara, Rozka, Leon, Celina, David, Genia, Joseph, Gucia, Aron, Esther, Efraim, Maryla, Hella, Roma, Tillie. Leio os *records* desses parentes que, setenta anos após sua morte, eu encontrara e imediatamente perdera na internet, e decidi telefonar para Mira na segunda-feira.

RELATED THROUGH ADAM

No domingo à noite o telefone tocou, Viktor Rachkovski, um velho amigo de meu pai que nunca havia me telefonado. Eu já não estava em condições de me surpreender. Viktor, assim como meu pai, pertencia à dissidência moscovita, como se diz hoje despreocupadamente. No começo dos anos 70, emigrou para os Estados Unidos e foi parar em alguma cidadezinha do interior, onde, de sociólogo especializado em cinema que era, se transformou em rabino não ortodoxo. Certa vez, por ocasião de um sarau em casa de conhecidos, eu o encontrara casualmente em Berlim. De início, alguém tocou Schubert; seguiram-se, então, conversas em várias línguas: italiano, alemão, hebraico, russo, inglês, polonês. Contei de Kiev e, de súbito, um senhor de idade se levantou de um salto e me perguntou com seriedade: qual o teu nome completo? Respondi, e ele retrucou: Então você é a filha do Miron! Trinta e cinco anos depois de emigrar de Moscou, Viktor Rashkovski me reconhecera numa cidade estrangeira para nós dois, sem nunca ter pensado em mim, sem jamais ter me visto, reconheceu-me unicamente por meio da palavra "Kiev" e de uma semelhança física com meus pais da qual nem eu tinha consciência. Nada mau para um rabino, pensei.

Isso tinha acontecido havia cinco anos, e agora ele me telefonava. Você sabe, Katja, por que estou ligando?, ele me perguntou, e eu soube de imediato, embora me parecesse absurdo. Então ele me contou: Eu estava visitando as pessoas da minha comunidade, os velhos, como de costume, quando uma senhora, muito respeitada por todos, me disse que uma parente de Berlim a havia encontrado e me mostrou uma carta. De início, era sobre uma família russo-polonesa, mas aí vi teu nome... Katja!

O único rabino que eu conhecia era o rabino da única sobrevivente de nosso clã polonês. Viktor tampouco tinha uma explicação para aquilo, e Mira não precisava de explicação nenhuma. Depois os dois me telefonaram, Viktor e Mira. Viktor falou primeiro. Por um breve momento, pensei no paradoxo de seus nomes, como se a vitória (viktor) e a paz (mir) me telefonassem ao mesmo tempo, mas então Mira começou a falar comigo em alemão e me tirou o fôlego. Ela não apenas falava um alemão melhor que o meu, mas também um alemão de antes da guerra, lento e cultivado, pausado como o dos atores antigos, era como se, ao ouvi-lo, se pudesse ouvir também o chiar do gramofone ou o crepitar do celuloide. Nem sinal de iídiche, nenhum sotaque polonês. O alemão era a língua materna de Mira. Ela era de Sopot, perto de Danzig, tinha crescido em Danzig e era quatro anos mais velha que Günter Grass. Ali, enquanto foi possível, estudara num ginásio alemão. Depois da proibição, fora para uma escola polonesa; ainda não falava polonês tão bem à época.

Mas eu não sou tua parente, Mira desculpou-se de súbito. Uma outra história pode ser de interesse maior para você, um parente que sobreviveu à guerra, ela disse, Gutek Krzewin, Gutek, Gustav, filho único de Zygmunt e Hela. Depois de a mãe dele ter sido levada do Gueto de Varsóvia, um amigo polonês da família providenciara documentos arianos para Gutek, que, sob o nome de Tadeusz Podkulecki, conseguira se salvar. Durante a guerra, estivera em Graz, um jovem operário polonês que adorava carros, e, mais tarde, conseguiu um emprego na Opel de Viena; acabaria inclusive em Berlim, construindo pontes e ruas para a Organisation Todt. No final da guerra fugiu para a Itália, juntou-se ao exército britânico e foi embora para a Inglaterra, onde uma família católica o acolheu. Não contou a ninguém sobre seu antigo nome, sobre o gueto ou sobre os pais. Agora se chamava Anthony Gorbutt.

Os Gorbutt são teus parentes, disse Mira, eles moram em Londres.

Eu nutrira a expectativa de que Mira me contasse sobre o passado, sobre Zygmunt e Hela, sobre os pais deles, mas, em vez disso, ela me falou de um novo parentesco e do futuro, de Karen e Sarah, as duas filhas inglesas de Tony Gorbutt, ou Gutek Krzewin, e dos quatro filhos delas, todos morando em Londres, e me contou ainda de um filho de Tony nascido mais tarde e chamado Simon. Sem saber, minhas primas Karen e Sarah davam continuidade à tradição familiar dos Krzewin, tinham se tornado professoras, como muitos de nós há gerações, pessoas de cuja existência elas nada sabiam. Depois, havia também Didi, com mais três filhos, e o pai dela, Mietek, em Israel, e em algum momento não consegui mais acompanhar Mira, que fazia curvas e mais curvas, quem com quem, onde moravam, que relação tinham um com o outro e comigo. Eu nunca me interessara por parentes tão distantes — estamos mesmo nos aproximando?

Tony Gorbutt morreu em meados da década de 80. Por que escolhera um nome tão evidentemente estrangeiro? Será que era o nome do polonês que o salvara? O nome de um amigo morto? Somente nos anos 60, e depois de muito procurar, Mira encontrou Gutek na Inglaterra; ele tinha aprendido a profissão de óptico, trabalhara numa empresa de catering kosher e também em boates.

Era um homem muito bonito, disse Mira, e soube se valer dessa vantagem no trabalho. O nome, Anthony Gorbutt, havia escolhido na lista telefônica. Ao acaso.

Mira ouvia mal, eu precisava gritar, e gritava para Oak Ridge de meu apartamento em Berlim, gritava minhas perguntas sobre Zygmunt, o meio-irmão de minha avó, sobre Hela, Varsóvia e Kalisz, sobre *Life Beyond the Holocaust*, até que me tranquei no banheiro e me perguntei se os vizinhos em meu edifício berlinense em que se ouvia tudo tinham escutado minhas perguntas. Sim, Mira chegara a conhecer Zygmunt pessoalmente, ele era tipógrafo e imprimia as entradas de cinema para os cinco cinemas de Kalisz; ali, no verão, quando estava na casa dos avós, ela via todos os filmes que podia, porque Zygmunt arranjava as entradas de graça. Mira sabia também que Zygmunt e Hela tinham ido a Kiev para visitar parentes — ou repetia apenas o que eu havia lhe contado? Queríamos tanto que as histórias coincidissem. Katja, você precisa ir sem falta ao casamento em Málaga, disse-me ela. Simon, o caçula de Gutek, se casa em maio. E assim, por milhares de caminhos tortuosos, tenho uma nova família, *related through Adam*, por assim dizer.

Dizem que é uma mistura de vontade de viver, acaso e sorte, mas em que proporção? Mira não é uma pessoa amargurada, não se quebrou. Casou, teve dois filhos, trabalhou e lecionou. Seria detentora do recorde de sobrevivência se, nessa área, existisse algum tipo de competição. Ela crê que tudo se deveu a uma tigelinha de alumínio que lhe cabia salvar, tinha prometido ao pai, contou-me. Por todos os campos de concentração por onde passou, nos quais não se podia esconder nem mesmo um alfinete, tinha conseguido preservar a tigela de alumínio contendo fotos da família e documentos, com os quais, mais tarde, ilustrou seus livros. No fim, não tinha sido ela a salvar a tigela: a tigela a salvara.

Examinei o mapa. O caminho de Mira através da guerra, sua rota pela Europa, tinha um traçado muito bonito. Descrevia quase uma curva, como a muralha levemente adornada de uma cidade, a de Lucca, por exemplo, ou Dubrovnik. Os pontos intermediários eram Danzig, Varsóvia, Tomaszów Mazowiecki e Bliżyn-Maidanek, Auschwitz-Birkenau, Hindenburg, Gleiwitz, Mittelbau-Dora e Bergen-Belsen. Um gueto, cinco campos de concentração e uma marcha para a morte. Quantas vezes teria podido morrer? Quando o Gueto de Varsóvia ainda não havia sido fechado, mas todos os judeus tinham já de portar uma braçadeira com a estrela de Davi, ela tirara sua braçadeira e subira num trem que partiu de Varsóvia. O trem foi submetido a vários controles, mas nunca lhe pediram para mostrar seus documentos, o que teria significado sua morte. No gueto de Tomaszów Mazowiecki, Mira deixou o hospital antes do tempo por pura teimosia e, pouco depois, todos os pacientes e médicos foram mortos. Depois, teve a sorte de ser enviada primeiramente a um campo de trabalho, e não a Treblinka. Tire os óculos, alguém sussurrou em Auschwitz, onde os míopes eram mandados para a câmara de gás. Em seguida, fizera-se passar por secretária sem jamais ter escrito coisa nenhuma numa máquina de escrever. No campo de concentração de Hindenburg, vinculado a Auschwitz, sobreviveu ao tifo, com amigos na cozinha abastecendo-a com porções adicionais de comida. Esgotada e doente, teve seu número anotado por controladores da ss, e todos sabiam o que aquilo significava, mas ninguém foi buscá-la, porque, segundo acreditava, o comandante do campo, Adolph Taube, conhecido como o anjo da morte, encobrira o caso. Sobreviveu também a uma marcha letal de dez dias, a uma temperatura de menos trinta graus Celsius e sem comida nenhuma, e ainda que não tenham sido exatamente dez dias ou menos trinta graus, que diferença faz? Um veterano da ss dera a ela seu par sobressalente de botas. Em Hindenburg, os prisioneiros representavam peças de teatro, e Mira declamou "O rei dos elfos". Mira e Imre Kertész, o prisioneiro de Buchenwald, foram talvez os únicos no Reich alemão que, já no fim da guerra, ainda ousaram mencionar o poema de Goethe sobre a morte de uma criança.

KALISZ

Chuviscava quando cheguei a Kalisz. Chuviscou por três dias seguidos, e eu acreditei que, ao final daquela viagem, eu chegaria à origem, no que o guia de viagem me dava razão, uma vez que ali estava escrito que a raiz celta da palavra *Kalisz* significava "fonte ou origem", e ali, em Kalisz e nas redondezas, teriam vivido meus Krzewin por vários séculos, todos eles: Rivka, Raizla, Natan, Oziel, Józef. Já não sabia por que os procurava ou qual havia sido meu intento original, porque minha investigação se transformara fazia tempo em obsessão, mas pressentia que, se encontrasse alguma coisa ali, seria meu caminho de volta para casa, embora não soubesse se o lar para o qual retornava era a língua, um lugar em si ou meus parentes. Queria um retorno completo, como na história da chave de ouro; ela jaz no fundo do pântano e há de abrir uma porta que, por muito tempo, não se sabe qual é, até que se descobre ser ela a porta da casa de onde se partiu. A raiz eslava da palavra *Kalisz* significa ainda "pântano, charneca", também isso estava escrito no guia de viagem, o que reforçou minha certeza de que eu estava no caminho certo.

No fim do século XIX, quando meu bisavô viveu ali, Kalisz era a cidade mais a oeste do Império Russo, a poucos quilômetros da fronteira da Prússia. Por toda parte as pessoas teciam e costuravam, a cidade tinha grande quantidade de fábricas, pequenas e grandes, porque Kalisz abastecia toda a Rússia com as rendas que as mulheres teciam, *koronka* em polonês, *kruzhevo* em russo; eu procurava meus Krzewin, e também eles haviam surgido de um tecido, desse ornamento de línguas entrelaçadas. Por que meu bisavô Oziel havia deixado o filho, Zygmunt, na Polônia ao se mudar com a família para Kiev? Eu atravessava pântanos e véus de rendas.

Na rede, deparei com Hila, que tinha intimidade com o passado — uma historiadora, pensei, uma representante oficial da história judaica. Era, no entanto, a proprietária de uma imobiliária no centro da cidade, que cuidava por vocação daquela história desaparecida. O que eu procurava, ela sabia melhor que eu, que não era a primeira pessoa a lhe pedir ajuda; antes de mim, canadenses, norte-americanos e israelitas haviam estado com ela, todos em busca de seus antepassados. No arquivo, encontramos a certidão de casamento de Oziel Krzewin com Estera Patt, de 1895; para meu espanto, uma cena saída do teatro popular em caprichada caligrafia russa. As personagens:

Hudesa Krzewina, mãe de Oziel Krzewin, analfabeta
Oziel Krzewin, o noivo, filho de Hudesa, pai desconhecido, vinte anos
Estera Patt, a noiva, surda-muda e menor de idade

Zelig e Haia Patt, pais de Estera
Juda Wolfovich Erdberg, testemunha
Um tabelião chamado Sikorsky
O rabino

Entenderam-se sem qualquer esforço pela língua de sinais, registrou o escrivão russo na certidão, e eu anotei: pai desconhecido, mãe analfabeta, noiva surda-muda.

Mas isso você não vai pôr no teu livro, objetou minha mãe, quando lhe contei sobre a certidão. Pensei que "analfabeta" fosse o problema, porque ela sempre dizia que, desde Adão e Eva, éramos muito lidos e havíamos sido escolhidos para educar os outros, mas o que a revoltara tinha sido o "pai desconhecido"; afinal, Oziel havia herdado do pai uma escola e um ofício, disse ela, e, se nunca falou que era filho ilegítimo, então era porque maculava sua honra, e você não estará agindo de forma honrada se contar isso; talvez ele tenha sido fruto de um amor especial, do qual não sabemos nada.

Eu estava, porém, diante de documentos e, quando vi "Ad. Krzewin" no registro da Câmara de Comércio de Kalisz de 1931, pensei: um Adam, que bom, minha mãe vai ficar contente, ou eu, pelo menos, fiquei contente com aquela pequena brecha para o Paraíso que o nome parecia abrir. Adão nos faz a todos parentes. Ad. Kzrewin, proprietário da gráfica Polonia. Por intermédio de Mira, eu sabia que Zygmunt também tinha trabalhado um bom tempo como tipógrafo. A profissão era comum entre surdos-mudos, minha mãe me contou certa vez, porque eles não ouviam o barulho das máquinas; concentravam-se na visão, na fixação das letras, linha a linha, na composição do texto. No cartório de registros civis, a funcionária abriu um livro. Adolf! — exclamou ela, Adolf Krzewin, nasceu em 1899, morreu em 1938, filho de Oziel e Estera. Um Adolf entre meus judeus, *related*

109

through, com essa eu não contava. Era o irmão de Zygmunt, de cuja existência ninguém sabia. Tinham trabalhado juntos na gráfica? Adolf era surdo-mudo?

A mãe surda-muda de ambos, Estera Patt, assim me contaram, morrera já no início do século; depois, Oziel se casara com Anna Levi, e assim minha avó Rosa tinha vindo ao mundo. Eu tinha nas mãos os registros de moradia de Estera, com todos os endereços, e ela se mudava com frequência.

> 1931: Targowa, 9
> 1931: Brzezina
> 1932: Margowiska
> 1933: Piaskowa, 7

Estera não morreu cedo, viveu um ano a mais que Oziel, que morreu em Kiev, em 1939. Estava claro, portanto, que Zygmunt, o primeiro filho de meu bisavô Oziel, tinha ficado na Polônia com a mãe, assim como Adolf, e segui lendo os endereços de Estera:

> 1935: Winiary
> 1935: zam. Piłsudskiego, 35
> 1936: Stawiszyńska, 13
> 1938: Stawiszyńska, 13

A última linha está em alemão:

> 28/1/1940: *Abg. in unb. Richt.* — transferida para endereço desconhecido

Chuviscava. Fotografei as casas e os edifícios naquela chuva fininha. Tínhamos anotado uma longa lista de endereços, quem tinha morado onde, inclusive o endereço de uma fábrica de rendas que pertencera a um de meus parentes e fora destruída na Primeira Guerra Mundial; eu não tinha nem sequer o desejo de encontrar alguma coisa ali, o importante era procurarmos, tratava-se para mim de recuperar o espírito; clareza maior eu não tinha, até porque chovia, e fotografei o chuvisco para levar comigo alguma coisa de Kalisz.

Hila abriu o portão do cemitério judaico. Os poucos túmulos restantes despontavam da terra como ervas daninhas. Ela me mostrou o túmulo do rabino de Kalisz que havia casado Zygmunt Krzewin e Hela Hammer. A grama estava molhada, eu sentia frio, queria ir embora dali, mas Hila me disse que eu também tinha um túmulo na cidade, o de Adolf, que não existia mais, mas ela o disse como se bastasse saber que ele havia existido para ser sua proprietária.

Procuramos na internet todos os Krzewin na Polônia e encontramos em Kalisz uma católica romana, Kunigunda ou Kunigunde; embora ela decerto não pertencesse ao nosso clã, passamos rapidamente pelo edifício onde morava, em cujo térreo havia uma loja de roupas íntimas femininas. Depois, encontramos ainda um Hary Krzewin, um dos nossos. Tinha morrido ainda bebê. A surpresa por ele ter existido pesou mais que o fato de ele ter vivido tão pouco; eu pensava nele, em Adolf, em Kunigunde, que nada tinha a ver conosco, e em um romance intitulado *Adolf, Hary e Kunigunde*, mas não tinha material suficiente para escrevê-lo.

O passado traía minhas expectativas, escapava-me das mãos e cometia um deslize atrás do outro. O patriarca que narrou a história gloriosa de minha família era filho ilegítimo, mas isso eu não podia escrever; Oziel não enviuvara cedo e, para completar, aquele Adolf, um nome comum à época mas alarmante para mim. Adolf confirmou meu receio: o de que eu não tinha nenhum poder sobre o passado, que vive como quer, só não consegue morrer.

LETRAS PERDIDAS

> *Os surdos-mudos desapareceram pelo arco do Estado-Maior*
> *e seguiram fiando sua linha, bem mais calmos, porém, como*
> *se suas mãos agora enviassem pombos-correios em todas as di-*
> *reções.*
>
> Ossip Mandelstam

As histórias dos Krzewin não formavam uma linha reta, elas giravam, descreviam curvas, esgarçavam-se como as rendas de Kalisz, eu não via ornamento algum, apenas pequenos farrapos, filhos ilegítimos, nomes que eu nunca ouvira, fios perdidos, detalhes desnecessários. Cabia-me fiar, mas eu não tinha habilidade para trabalhos manuais. Nesse momento, enviaram-me reforço na figura de Pani Ania. Ela era apaixonada não apenas por Kalisz, mas também — o que é bastante incomum em plena Polônia — por Nicolau II, o último tsar russo. Mostrou-me as mais belas *kościoły* da cidade, as relíquias de santa Úrsula, e eu queria muito ver o cálice do rei Casimiro, mas quando expressei minha admiração pelo catolicismo, Pani Ania explicou-me num inglês bem cuidado que ela era muçulmana praticante, que estudara em Londres durante quatro anos e que agora trabalhava na prisão de Kalisz. Era a Outra perfeita, estranha e ao mesmo tempo parecida comigo, e pensei: com pessoas como ela, a Polônia de fato não estava perdida. Foi justamente Pani Ania quem me mostrou as letras hebraicas no calçamento das ruas de Kalisz.

As pessoas caminhavam a passos rápidos, seguia chuviscando e ninguém parecia saber que algumas ruas da cidade haviam sido pavimentadas com lápides retiradas do antigo cemitério judeu. Ainda durante a guerra, quando não havia mais nenhum judeu em Kalisz, as *matzevot* haviam sido arrancadas do cemitério; as lápides judaicas tinham sido cortadas em retângulos e assentadas de cabeça para baixo no calçamento das ruas, para que, ao pisar nelas, as pessoas não vissem as letras hebraicas. Era um sistema de aniquilação com vários dispositivos de segurança. Sabendo disso ou não, quem caminha pelas ruas de Kalisz pisa em lápides.

Alguns anos atrás, a cidade recebeu novas canalizações; as pedras foram removidas e reposicionadas, só que dessa vez ninguém prestou atenção e algumas delas não foram invertidas, revelando as letras do alfabeto hebraico. Pani Ania me mostrou algumas, e eu tentei encontrar outras. Precisava esperar a passagem dos carros, porque as letras só podiam ser encontradas no leito das ruas.

Descobri duas ou três; em seguida, pelos vinte metros seguintes, nada; depois outra pedra, e três metros adiante mais duas ou três, um jogo de azar cujas regras ninguém havia estabelecido, aberto a todos, uma espécie de jogo da memória para adultos, mas ninguém jogava comigo, porque ninguém via aquelas letras. Eu estava tão obcecada por elas que não ouvia a buzina dos carros, só uma música na minha cabeça. "Hey Jude", eu ouvia, "and any time you feel the pain, hey Jude, refrain". Ia de casa em casa, de pedra em pedra, aqui tinha morado um parente meu, ali tinha sido um cinema, uma tipografia, uma letra, chuviscava, eu seguia coletando letras, mais uma, outra ali, empreendia uma tentativa duvidosa de recuperação de coisas perdidas que eu não podia ter nem interpretar, até mesmo o ofício típico dos surdos-mudos, o de tipógrafo, se era de fato verdade que o exerciam, já não existia mais.

Mas eu não queria que, ao passear pela cidade, as pessoas mergulhassem em pesar, caminhando sobre aquele cemitério invisível dos vizinhos estranhos que não estavam mais ali. Não queria que, ao sacar dinheiro onde antes ficava a sinagoga e hoje erguia-se um banco, os habitantes de Kalisz pensassem naqueles mortos que lhes eram estranhos, como se, com isso, pagassem juros pela própria vida.

No crepúsculo, quando as letras desapareceram, lembrei-me de um sonho que eu tinha quando criança. O sonho chegava feito um estranho durante a noite, eu assustava, sabia que me seria confiada uma tarefa que não podia realizar e tinha a esperança de que o mensageiro tivesse errado de endereço.

Estava escuro, no alto da colina uma igreja pairava sobre a cidade e, exatamente como conta a lenda, santo André dizia que uma cidade deveria ser construída ali. No sonho, eu sentia que não se tratava de sonho nenhum, porque aquela cidade chamada Kiev foi de fato construída, e eu nasci ali.

Era uma das ruas mais bonitas da cidade, eu descia sozinha pela via íngreme, sentia a igreja pairando às minhas costas e também que duas figuras me acompanhavam e, em silêncio, me mostravam o caminho; eu perambulava, elas sabiam, e tudo estava recoberto de neve. Meus acompanhantes me diziam para seguir adiante, encontraria tudo escrito, e eu caminhava pela neve, um caminho inesperadamente longo, afundava na neve. Onde começava a colina e deveria haver a parede dos fundos de um edifício que não existia mais, encontrei um pedestal, também ele coberto de neve. Sabia que deveria haver um livro ali e me aproximei da base, que tinha a altura de uma estante para partituras; e, com efeito, lá estava o livro diante de mim, o coração quase me saía pela boca, agora! Agora! Mas o que havia sido, ou deveria ter sido, um livro tinha se transformado num bloco de gelo e, de repente, o dia pareceu clarear, e eu compreendi que havia chegado tarde demais, o saber se perdera, e trazê-lo de volta estava acima das minhas forças; eu me atrasara, tanto para nascer como em tudo o mais, não tinha culpa, era apenas tarde demais. E então reconheci uma letra naquele bloco poroso de gelo que já quase se dissolvia na neve, era uma letra feita de terra, da qual sobressaía uma folhinha de grama. Tentei lê-la, mas não sabia nem sequer a que alfabeto pertencia.

4. No mundo da matéria não organizada

BUSCA E APREENSÃO

> — *Essa lei eu não conheço* — *disse K.*
> — *Tanto pior para o senhor* — *disse o guarda.*
>
> Franz Kafka

Quando meu pai veio ao mundo, por volta do meio-dia de 8 de maio de 1932, agentes da GPU, a polícia secreta, o circundavam como os pastores em torno da manjedoura. O bebê havia sido resultado direto de uma revista empreendida numa casa de Odessa, e seu nascimento precoce, indício de um atentado ocorrido dois meses antes.

Em 5 de março de 1932, no centro de Moscou, meu tio-avô Judas Stern atirara no conselheiro da embaixada alemã Fritz von Twardowski. Twardowski ficou ferido, Judas Stern foi preso no ato. Stern esperara um bom tempo na esquina das ruas Gerzen e Leontiev, não muito longe do Kremlin e a poucos passos do Conservatório Tchaikóvski. Quando um carro da embaixada com a bandeira alemã dobrou a esquina, ele atirou no veículo. Duas balas feriram o conselheiro, no pescoço e na mão, outras três alojaram-se no revestimento do banco do automóvel. Dois transeuntes correram na direção do atirador, que tornou a disparar. Uma bala raspou na parede do cinema Union, a outra acertou um cavalo. Judas Stern jogou fora o revólver e se deixou prender por agentes da polícia secreta que surgiram do nada, como se tivessem estado ali desde sempre.

Judas Stern era o irmão de meu avô Semion e, assim sendo, responsável não apenas pelo atentado, mas também pelo nascimento precoce de meu pai, embora este lhe tenha sido póstumo, um mês após sua morte.

Não foi de imediato que chegaram à pista do irmão mais velho de Judas, Semion, porque ele morava em Odessa, onde haviam nascido todos os irmãos, e além disso tinha outro sobrenome. Tendo mergulhado na clandestinidade durante a Revolução, Semion assumira o pseudônimo de Semion Petrovski; depois, com a chegada dos bolcheviques ao poder, não voltou a se chamar Schimon Stern, mas manteve o novo nome, ou assim nos contaram. Graças a ele e à Revolução, também eu carrego esse belo e longo sobrenome, proveniente do baixo clero russo-ortodoxo. Quando fiquei sabendo de nosso sobrenome original, soube também de pronto que, apesar de tudo, éramos autênticos; os Stern eram e permanecem sendo fantasmas, jamais serei uma Stern. Semion tinha passado por um batismo revolucionário que prometia igualdade de direitos à gente humilde: aqui, não há judeu nem grego, nem escravo nem livre, nem homem nem mulher, pois todos vós sois seres humanos e proletários.

Desde então, Semion carregava o sobrenome Petrovski, o único entre seus irmãos a fazê-lo, uma pedra entre as estrelas, os Stern, e havia muito tempo que ele não tinha notícias de seu irmão, que sempre fora uma figura singular e cujo sobrenome provinha de um passado longínquo, de um mundo ao qual já nenhum caminho conduzia.

Dois meses após o atentado e um mês após a execução de Stern, quando os visitantes do serviço secreto invadiram sua casa em Odessa, Semion não estava lá. Todos os presentes foram interrogados, e os cômodos, devidamente revirados. De susto, minha avó Rita, em final de gravidez, começou a ter contrações precoces.

VAN DER LUBBE

Embora meu pai deva ao tio o nascimento precoce, ele passou muito tempo praticamente sem saber da existência de Judas, que lhe foi ocultada para sua segurança e a de toda a família. Simpatizar com Judas poderia levantar suspeitas, mas não se sabe se alguma vez alguém simpatizou com ele. Lembrar-se de Judas Stern era correr perigo de vida. Ele próprio não pensara um segundo nas consequências que seu ato acarretaria aos parentes. Por que haveriam eles, então, de preservá-lo na memória familiar?

Quando, no final da década de 50, meu pai leu casualmente na *História da diplomacia soviética* duas linhas sobre o atentado, percebeu de imediato que Jeguda Mironovitch Stern e o desaparecido irmão caçula de seu pai só podiam ser a mesma pessoa. Perguntou ao pai, mas ele não disse nada. Perguntou de novo, e o pai fez um gesto negativo, esquivou-se, suplicou ao filho que nunca mais lhe perguntasse sobre o irmão e, em algum momento, simplesmente o proibiu até de mencionar aquele nome.

Meu pai teimou, passou por cima da proibição e, muitos anos mais tarde, tornou a perguntar, até que meu avô Semion fez um comentário sucinto sobre o ocorrido, para nunca mais desperdiçar uma única palavra com o atentado cometido por seu irmão mais novo.

Van der Lubbe, balbuciou Semion. Van der Lubbe.

Eu compreendi de imediato, contou meu pai; ele quis dizer que também seu irmão menor estava fora de si, como o incendiário do Reichstag. Aquele seu "van der Lubbe" sugeria não apenas que Judas Stern tinha sido preparado e despachado para cumprir uma missão, mas também que havia sido usado por certas forças que o tinham induzido a cometer aquele ato para, mais tarde, pôr a culpa em outros. Será que meu avô entendia que também o ato de Judas dera início a uma longa cadeia de acontecimentos? Revelara com aquele seu van der Lubbe mais do que pretendera?

Durante anos perguntei a meu pai se aquilo era, de fato, tudo que meu avô havia dito, e, em algum momento, muitos anos mais tarde, ele me disse que acreditava ter ouvido também a palavra *meschugge*, "maluco". "Van der Lubbe" e "um tremendo maluco" o pai teria dito a ele outrora. Mas meu pai já não se lembrava se seu pai havia lhe explicado aquilo ou se ele próprio compreendera, mais tarde, que Judas Stern sempre fora meio louco, desde criança. O que meu pai se lembra é de o pai dele, anos mais tarde e sem motivo nenhum, ter dito que em toda família judia tinha um *meschugge*, ou mesmo que não havia família judia que não tivesse um *meschugge*. Meu avô tinha cinco irmãos e podia, portanto, se permitir semelhante declaração. Eu só tenho um irmão. Ele ou eu?

A palavra *meschugge* é a única palavra em iídiche que minha família preservou. Será a loucura meu último vínculo com o judaísmo?

A ESPADA DE DÂMOCLES

O medo de que seus filhos tivessem de pagar pelo atentado cometido pelo irmão fez de meu avô Semion o homem mais calado do pós-guerra. No que exatamente Semion trabalhava, meu pai não sabia. Tudo que sabia sobre seu pai, o irmão de Judas Stern, era que ele trabalhara para os "órgãos", como se designava antigamente o serviço secreto: primeiro na administração e depois no setor de abastecimento. Em 1937, fez o impossível: tendo chegado a sua mesa o caso do cunhado — o irmão de sua esposa, Rita, que dirigia uma fábrica de turbinas em Carcóvia —, deixou o serviço secreto. Ou havia apenas sido convocado como testemunha? Era uma situação sem saída. Se tivesse inocentado o parente, Semion teria sido declarado culpado de participação num suposto complô familiar; se o tivesse condenado, poderiam dizer que sua culpa era tamanha que sacrificara o parente para expiá-la. Deixou o serviço e foi poupado. Gozou da proteção de algum alto funcionário? Mas também esses funcionários eram em geral eliminados juntamente com seus protegidos, não restando, pois, nenhuma explicação para meu avô não ter sido fuzilado, a não ser o acaso. Havia, afinal, três boas razões para fuzilá-lo: era irmão de alguém que cometera um atentado, cunhado de um inimigo do povo e deixara o serviço secreto.

Semion temia pelos filhos e temia os filhos também, e esse temor pesou sobre meu pai, um homem doce e pacífico, como uma espada de Dâmocles.

MANIA DE GRANDEZA

*O 6 de julho de 1918, dia em que os tiros fatais atingiram
o enviado alemão, conde Mirbach, era também um sábado.*

Kölnische Zeitung, 9 de março de 1932

Meu tio-avô mirou bem no plexo solar da época. Sim, pois esse soviético chamado Judas Stern praticou um atentado atirando num diplomata alemão em plena Moscou uma semana antes das eleições para a presidência do Reich. Era o último ano antes de Hitler e o primeiro da fome na União Soviética, dois países que, numa aliança, se empurravam mutuamente na direção da loucura. Foi bem aí que meu Stern atirou.

Atirou como se pretendesse ainda mais que os assassinos do embaixador alemão, conde von Mirbach, na Moscou de 1918; muito tempo havia se passado, mas a lembrança seguia fresca nas cabeças de então, porque os tiros haviam conduzido a uma ruptura nas relações entre os dois países. Também a Primeira Guerra Mundial começara com um atentado.

E não é uma loucura que ele tenha atirado bem naquele momento, quando o nacional-socialismo ascendente se posicionava contra o bolchevismo judeu que, dizia, dominava a União Soviética? Stálin, por sua vez, queria dividir socialistas e comunistas alemães. Hoje se sabe; o que ninguém sabe é que isso tem a ver com meu tio-avô.

Quanto mais descobria, mais inquieta eu ficava. A quem interessava um tal atentado e para quê? Quem estava querendo conduzir a história e em que direção? Em 1932, as relações entre a Alemanha e a União Soviética pareciam harmônicas, numerosos tratados vinculavam os dois países, numa direção seguiam máquinas para a indústria, na outra chegavam grãos e madeira, e o Reichswehr, as Forças Armadas alemãs, recebia o título de *Mestre do Exército Vermelho* — assim eram os tempos. A guerra parecia improvável, reinava uma quase amizade, ou ao menos era essa a impressão, até que Stern atirou. Depois disso nada mais foi como era, como se esse atentado, vindo da minha família, tivesse rompido alguma coisa na frágil constelação da época, como se tivesse antecipado futuras catástrofes, tanto de um lado como de outro, como se nós — e me incluo aí — fôssemos responsáveis pela maior calamidade do século XX, de uma maneira que só em parte me parecia explicável.

NO ARQUIVO

Havia tantas razões para declarar Stern louco que não tenho certeza de que ele o era de fato. Como autor do atentado, sempre permaneceu um estranho para nós, afinal não se atira em outra pessoa! A despeito de seu fim violento, ele não foi uma vítima. Como era louco, não se podia falar em responsabilidade de sua parte, e, assim, nós o trancafiamos no passado.

A mim restou o arquivo do serviço secreto na Lubianka em Moscou. Eu só havia estado lá uma vez, naquele edifício monstruoso, quartel-general do serviço secreto, cujo museu eu visitara em meados dos anos 90, na tola esperança de que o serviço fosse se penitenciar. Em vez disso, tive uma aula sobre continuidade e sucessão — Tcheka, GPU, NKVD, KGB e FSB — e ouvi relatos sobre feitos heroicos e sobre aqueles tempos difíceis, quando "também nós fomos vítimas de repressão".

Àquela época, eu ainda não sabia que meu irmão também tentara obter acesso à documentação relativa a Judas Stern no arquivo e que havia feito contato com um coronel na Lubianka.

O coronel lhe explicara que só se permitia acesso àqueles casos passíveis de reabilitação, nos quais, portanto, o acusado era inocente. Não era o caso, entendeu o coronel, que, assim, declarou inacessíveis os documentos. Não há dúvida de que ele é culpado, argumentou meu irmão, mas imagine, senhor coronel: um judeu sem emprego, sem partido, viaja para Leningrado, rouba um revólver, retorna a Moscou, circula por vários dias diante da embaixada sem ser percebido, num lugar em que o número de espiões é maior que o de transeuntes, e atira num diplomata alemão — tudo isso na Moscou de 1932.

— Senhor coronel, talvez haja nos autos alguma sugestão de quem teria interesse em um tal atentado?

— Os autos são sucintos, não contêm nada de importante. Nós temos a fotografia tirada após a execução e duas balas.

Balas já eram demais para mim, disse-me meu irmão.

Toda vez que pensava na Lubianka, prisão e central de tortura onde também Judas Stern desaparecera, eu pensava em órgãos. Sempre chamamos aquela esfera de poder de *organi*, fulano trabalha nos órgãos internos, dizíamos, órgãos que tinham, portanto, poder sobre nosso interior, ou dizia-se simplesmente "Fulano trabalha nos órgãos", como se um organismo houvesse nos engolido a todos. Desde criança eu ficava imaginando aqueles órgãos, entranhas gigantescas e escuras nas quais muitas pessoas trabalhavam, e quando se entrava lá era-se digerido vivo, porque essa era a função dos órgãos. Para mim, bastava já a ideia de precisar ir ao arquivo da Lubianka para que um medo primordial me subjugasse.

Você chega ao arquivo, toca uma folha de papel e pronto, está a serviço dos órgãos, é um deles; ainda que se atenha às regras, é um joguete, está sob seu poder. Respira aquele ar, o ar é para todos, e é quanto basta: foi infectada. Sempre que eu pensava na necessidade de ir ao arquivo meus membros adormeciam e a impotência da inação me paralisava, como se essa fraqueza pudesse me proteger da pergunta sobre quem remexia ali nas cinzas dos assassinados. Era uma recusa involuntária que poderia me poupar do perigo, porque quem não faz nada não se entrega ao poder deles, e quem não faz nada não comete crime nenhum.

Embora a Lubianka não oferecesse perigo nenhum a visitantes, nunca pus os pés no arquivo.

Isto é só o começo, disse-me o arquivista, depositando três grossos volumes sobre a mesa. Ali, no antigo Reichsbank, os riscos eram mais previsíveis — ou era eu que sabia menos sobre eles? —, ali ficavam os cofres cheios de ouro dos nazistas, e como os aliados queriam evitar que o ouro caísse nas mãos de civis, o prédio foi um dos poucos do centro de Berlim que não foi bombardeado. Mais tarde, ocupou-o o Comitê Central do SED, o Partido Socialista Unificado da Alemanha Oriental, e hoje o edifício sedia o arquivo do Ministério das Relações Exteriores.

Um acervo inesperado: três volumes em alemão sobre o atentado. Relatórios da embaixada alemã em Moscou, a troca de cartas e telegramas, os apontamentos do próprio ministério, artigos de jornal, traduções, atas do julgamento, transmissões radiofônicas. Centenas de documentos relativos ao atentado cometido por Judas Stern. Pensei que eu fosse a primeira da família a figurar num texto escrito em alemão, mas agora via a cada página o nome de Judas Stern.

Estou sentada diante de uma montanha de papel, quase desmaiando de tanta agitação, mas sem saber o que fazer com tudo aquilo. Aprendo a ler a escrita gótica, agora vou poder ler livros alemães antigos. Os artigos de jornal de 1932 desfazem--se em minhas mãos. Talvez eu seja a primeira a ler o material daquela pasta. Pedacinhos de papel amarelado por toda parte. Todo dia, ao ir para casa, deixo sobre a mesa pequenos fragmentos de papel com letras góticas da primavera de 1932.

> Daß Judas Stern in das Auto des deutschen Botschafters Schüsse mit der Absicht, einen politischen Effekt zu erzielen, feuert hat, steht einwandfrei fest. Der Prozeß, welcher sich dem Militärsenat des Obersten Gerichtshofes abrollte, sollte icht erst diese Tatsache beweisen. Was man wissen wollte, en die Beweggründe dieser Tat, ihre Ziele und die poli= chen Kräfte, die hinter diesem Attentat stehen. Doch theit hat dieser Prozeß nicht gebracht. Auf der Anklagebank

A Alemanha se esfarela, torna-se cada vez menos palpável. Os papeizinhos grudam na roupa, no teclado do computador, eu carrego o ano comigo pelas ruas, expando-o, chacoalho ao vento aquela reserva dourada no meio de Berlim, é outono, levo-a comigo para casa. Trabalhadores nacional-socialistas avançam sobre os comunistas, *Kuhle Wampe ou: de quem é o mundo?* chega aos cinemas, mulheres protestam, o terror político cresce. Quanto mais eu leio, tanto mais depressa se desfazem as páginas. Gostaria de interromper a leitura, mas sigo lendo todo dia. Imagino, ao final da leitura, o papel completamente desfeito, desaparecido o saber.

Leio devagar, mais devagar do que foi a realidade, mais devagar que a atualidade apressada; quanto mais lentamente eu avançar, mais se estenderão aqueles meses não muito estáveis, mas belos de todo modo, abril, maio, junho de 1932, os dias cada vez mais ensolarados, ainda anteriores a Hitler, ao incêndio do Reichstag, e nada encontro ali que conduza na direção desses eventos; embora tudo já tenha sido posto em marcha, o mundo ainda me parece são, *heil*, e quando deixar de ser assim, é com um *Heil* que as pessoas passarão a se cumprimentar, e é aí que paro de ler.

VOZES

Nos primeiros dias depois do atentado, o país todo se revoltou, porque Judas Stern, esse traidor, profanara a paz soviética. As investigações tinham acabado de começar, mas já estava tudo nos jornais: Stern havia tido um cúmplice chamado Vassiliev, e uma organização contrarrevolucionária queria a guerra. Um coro de centenas de vozes berrava a mesma coisa.

"Assassino traiçoeiro!"
"Tiros de provocação!"
"Intenções políticas!"
"Instigadores da guerra em ação!"
"Terroristas burgueses!"
"Imperialistas poloneses esperam desencadear uma guerra!"
"França envolvida de novo!"

Em numerosas fábricas acontecem manifestações contra o instigador Stern, porque o país queria a paz. Todas as minhas tentativas de ouvir a voz de Judas Stern estão de antemão condenadas ao fracasso. Os inimigos aliaram-se há muito tempo para provocar uma guerra contra a União Soviética, anuncia a voz do povo.

"Terroristas e guardas brancos!"
"Capital internacional e sabotadores!"
"Não vamos permitir!"

"Meu propósito com o atentado foi suscitar tensões entre a União Soviética e a Alemanha e, desse modo, produzir uma deterioração da situação internacional da União Soviética." Pela primeira vez, eu o ouço falar, mas, no interrogatório, Stern afirma exatamente o que todos gritam. Talvez tenha dito outra coisa, mas foi isso que saiu no jornal, são as únicas palavras que temos.

Na imprensa alemã, o nome de Judas Stern flameja por toda parte, entre os de Ernst Thälmann, Adolf Hitler e Paul von Hindenburg, porque há uma eleição presidencial em curso. De um só golpe, meu parente ficou famoso, ainda que por pouco tempo. Tinha sido esse seu verdadeiro objetivo?

Ninguém no coro de março de 1932 pareceu notar que Judas Stern era judeu. A embaixada alemã em Moscou não se deixou contagiar por aquela histeria soviética que o acusava de ser um instigador da guerra; supuseram, antes, que o motivo para o atentado havia sido a contrariedade da população, vítima da fome inclusive por causa da exportação compulsória de cereais, necessária para pagar o que se importava da Alemanha. Stern teria, assim, protestado contra essa situação com um tiro. Era como se justamente os funcionários da embaixada alemã, mostrando compreensão para com seu crime, pretendessem reabilitá-lo moralmente.

O embaixador Herbert von Dirksen estava preocupado acima de tudo com as acusações à Polônia, que cintilavam pela imprensa soviética e que os jornais comunistas alemães repetiam. "Piłsudski patrocinou o terrorista Stern", dizia o *Rote Fahne*, sem qualquer prova, e von Dirksen pediu aos correspondentes dos jornais alemães que em hipótese alguma apontassem a Polônia como possível mandante do atentado. Esta, contudo, parecia ser a principal meta da gritaria soviética: convencer a Alemanha de que a Polônia estava por trás de tudo e de que dela provinha a agressão. Era, no entanto, a União Soviética que ansiava por uma breve e refrescante guerra entre vizinhos e se armara para tanto. Bem ao contrário da Alemanha. Essa descoberta me inquietou, preocupando-me ainda mais que a busca por meu Stern maluco.

O SERVIÇO SECRETO DE GOETHE

O julgamento teve de esperar; antes, com grande pompa, festejou-se um aniversário. Quando o conselheiro Johann Wolfgang von Goethe morreu, em 22 de março de 1832, ninguém poderia imaginar a importância política que adquiriria a celebração do centésimo aniversário de sua morte na Rússia, com festividades, leituras e competições dedicadas ao poeta. O conselheiro conferiu uma moldura poética ao atentado político, como se seu título, *Geheimrat* — conselheiro secreto —, tivesse recebido as bênçãos do serviço secreto soviético e Goethe fosse o chefe secreto desse serviço secreto, ou *Geheimdienst*, empenhado no bom andamento das relações teuto-soviéticas. *Warte nur, balde ruhest du auch*: espera somente, e logo repousarás também. As palavras de Goethe de uma das mais famosas canções russas pairava sobre o país em tradução de Liérmontov. A União Soviética tremia e escandia. Também o caso Fausto tornou-se mais atual do que nunca. Na economia estatizada, não se podia vender mais nada, apenas a própria alma. O Comissário do Povo para a Instrução Pública, Anatoli Lunatcharski, foi a Weimar como representante do país, terra de amantes de Goethe, a fim de participar das solenidades comemorativas do aniversário. Não o fez porque o povo soviético venerasse o poeta, "e sim para melhorar o clima entre alemães e soviéticos depois do atentado", como relatou a revista *Time*. Quanto mais Goethe, tanto menos Stern. Espera somente, e logo repousarás também, diz o carrasco ao condenado numa piada soviética que talvez tenha nascido à época do centenário da morte de Goethe, ou quem sabe por obra de Judas Stern.

UM MESCHUGGE

Esse nome dele é uma loucura, eu disse a meu pai, porque é tipicamente judeu. Não, era um nome perfeitamente normal, muito comum, ele me respondeu. Pai, ele se chamava Jeguda, Jehuda, e, mesmo que se chamasse Judas, isso significa judeu, e Stern ainda por cima! Iuda é a versão russa, e Judas, a tradução alemã, um erro fatal, porque assim se chamava ninguém menos que o traidor de Cristo; talvez o serviço secreto quisesse que aquele nome ecoasse nos ouvidos do povo, Judas está vivo, um traidor da nossa política e da nossa existência; mas ele se chamava Jeguda Stern, havia muitos Jehuda entre os profetas, filósofos, poetas, violinistas, ele figuraria entre Itzhak e Menuhin. Em outras circunstâncias, naturalmente, numa tradição forte, ele, fiel e devotado a seus antepassados, teria deixado vestígios em outra língua, Jeguda Stern teria se tornado um visionário e se instalado para sempre na memória da humanidade. Isso, porém, em outras circunstâncias.

Pai, como é que a loucura começa? Imagine um Judas bíblico passeando com um revólver no bolso pela Moscou dos anos 30, a religião prestes a ser extinta no país. Talvez, ao escrever naquela década sobre a cidade eterna caminhando impetuosamente rumo ao ateísmo, Bulgákov tenha visto sua Moscou moderna como os bastidores da Paixão de Cristo e só tenha descoberto a figura de Pôncio Pilatos graças a nosso Judas; Judas pululavam pelas ruas de então, cada um deles traidor de alguém, pode ser que Bulgákov tenha extraído seu Mefisto do processo movido contra Judas Stern; não, espere, disse meu pai, calma, tenha calma, minha filha, para os judeus crentes essa história de Jesus era irrelevante, e o nome Judas nunca despertou suspeita entre eles; mas, pai, os judeus já não estavam juntos, não estavam mais entre si, e crença não existia mais, nem saber, nem um "nós", nosso Judas caminhava com todo o povo soviético para lugar nenhum, um exército de cavaleiros, pai, montando cavalinhos de pau e de muletas: *Dahin! Dahin!* É para lá que conduz o nosso caminho! O que ele próprio pensava de seu nome? Como você teria se sentido com um nome desse?

Um judeu que comete um atentado contra um diplomata alemão viria a calhar para Goebbels e sua propaganda, a criatura perfeita. Se Stern não tivesse existido, ele teria precisado criá-lo, como um Golem bolchevique.

Judas e Stern, pai, a estrela, quem não pensa logo na estrela amarela quando pronuncio esse nome? A estrela brilha na testa, como na bela do conto de fadas russo, e aqui a estrela é judia, *mogendovid*, a estrela de Davi. Poucos anos depois, nosso herói já estava morto, e a estrela ia pelas mangas das pessoas no gueto, uma ideia prematura, como as contrações da tua mãe, pai.

Você faz comparações ousadas, meu pai disse.

Nosso Judas é símbolo ou paródia, sintoma ou fator desencadeante? Ele atira na escuridão e, anos mais tarde, a escuridão atira de volta.

Era mesmo louco ou foi o medo sentido pelos outros que o forçou a esse papel? Sim, porque tudo que sabemos dele foi relatado ou por testemunhas mortas de medo a dizer palavras que nem eram suas, ou por criminosos que o haviam instigado a cometer seu crime.

Pai, eu vejo algo que você não vê, a foto de uma criança. Nela, vejo teu pai e todos os irmãos dele. Quem cavalga tarde assim? Teu pai, Semion, mais velho, segura na mão do pequeno Judas, segura firme, segura o irmãozinho de olhar perturbado, Judas ou Jeguda, nunca saberemos ao certo, o menino tem dois ou três anos, teu pai, Semion, tem dez, mas parece mais velho. Precisar segurá-lo assim tornou-o mais velho? Jamais vou contar a você sobre essa foto. O olhar de Jeguda já diz tudo, como se soubesse do próprio futuro, como se esse futuro se espelhasse naqueles olhos cheios de medo e confusão, como se tivesse visto Medusa, a górgona; e, pai, também vi nos olhos dele o medo que você sentia por nós.

O PROCESSO

O julgamento teve início em 4 de abril de 1932. No primeiro dia, mais de cento e cinquenta pessoas lotaram a sala do tribunal — comissários do povo e altos funcionários, jornalistas soviéticos e membros de embaixadas diversas. A imprensa internacional compareceu em peso. Diante do juiz, havia dois homens: Judas Mironovitch Stern, vinte e oito anos de idade, ex-estudante da Faculdade de Etnografia, desempregado; e seu cúmplice, Serguei Sergueievitch Vassiliev, vinte e nove anos, de família abastada, ex-estudante da Academia de Finanças de Moscou.

O procurador-geral e principal acusador, Nikolai Krilenko, fez um longo discurso sobre a situação do mundo moderno. O papel do crime crescia a cada frase, era de tirar o fôlego, como se voássemos cada vez mais alto, porque o caso é tão imenso e inabarcável que é preciso voar para poder abrangê-lo com os olhos, e ele falava e falava, parecia que o Comissário do Povo para a Justiça iria se descolar da Terra e, em seguida, da própria Justiça, libertava-se já do ônus da prova, pairou por um instante sobre o materialismo, de grande altura lançou um olhar para as circunvoluções da dialética, e assim foi que o procurador-geral Nikolai Krilenko assumiu o papel celestial de uma testemunha onipotente. Lá em cima, estava em seu elemento. Depois, efetuou um mergulho certeiro na direção dos réus. "Não podemos contemplar esse crime como um fato isolado que se esgota em si próprio [...]. Milhares de fios [...] ligam esse ato a problemas mais sérios e importantes, de cuja solução por certo depende o destino não apenas desses dois homens ou de centenas de outros, e sim de milhões, e não somente entre o nosso povo, mas em muitos outros países também."

Quando o público já estava pronto a se render à grandeza do momento, Krilenko apresentou uma organização contrarrevolucionária polonesa composta dos professores de Vassiliev e dos familiares destes. Relatou atentados que esse grupo teria planejado, a maioria dos quais teria sido frustrada pela GPU. E era por isso que o estimado público só naquele momento ouvia falar deles pela primeira vez: porque o trabalho dos serviços secretos impedira sua execução.

Com certeza, todos os seus supostos integrantes e todos os que sabiam da existência daquela organização estavam mortos, segundo o princípio que reza que "testemunha boa é testemunha morta".

Provas não havia, e a acusação se afastava cada vez mais do atentado em si e revolvia o espesso matagal do trabalho subversivo da tal organização, um trabalho cujas testemunhas o serviço secreto havia aniquilado, porque elas supostamente pertenciam à própria organização; muito provavelmente, tinham sido coagidas a confessar que haviam pertencido a uma organização que, à exceção do serviço secreto, ninguém conhecia. Confessaram porque, do contrário, teriam sido mortas de imediato; de uma forma ou de outra seriam mortas, só que teriam sido torturadas por mais tempo caso não confessassem. Os argumentos se seguiam, todos duvidosos, cada um conduzindo ao seguinte, e quanto mais duvidosos os elementos isolados dessa construção, tanto mais verossímil parecia o todo.

Mas nem todos os membros da tal organização terrorista polonesa tinham sido aniquilados, observou Krilenko depois do longo discurso sobre os recantos mais sombrios da conspiração, razão pela qual a contrarrevolução tinha, de novo, deitado raízes — e aqui ele terá solenemente erguido a voz, porque entusiasmado consigo mesmo e com seu poder de persuasão: "O presente atentado é a prova disso".

O atentado servia como prova da atuação subversiva de uma organização que só o serviço secreto conhecia, e o tribunal nem sequer se deu ao trabalho de tentar, de alguma forma, ligar as pistas polonesas com o ato praticado por Stern. Embora o atentado fosse a única coisa que havia acontecido de fato, ele se transformou em fator secundário. Só foi aparecer ao final do libelo acusatório: Vassiliev e Stern teriam entabulado discussões políticas e desenvolvido a ideia de realizar um atentado contra o embaixador alemão com o propósito de matá-lo e, com isso, prejudicar as relações com a Alemanha, mesmo sob risco de provocar uma guerra.

As respostas de Vassiliev são curtas e claras, seu comportamento, heroico. Com sua determinação, ele ganha o respeito do público. "Mefisto" chamam-no os jornalistas alemães, ainda inebriados com o centenário de Goethe. Stern foi meu instrumento, disse ele: se não tivesse sido Stern, eu teria encontrado outra pessoa. Vassiliev, o mentor, Stern, a mão que executa; Vassiliev, o manipulador, Stern, a marionete; Vassiliev, um homem decidido, Stern, um opositor desorientado — é o que se lê em todos os jornais da União Soviética, e os correspondentes estrangeiros compartilham desse pensamento.

Vassiliev diz ter agido em nome de terceiros, o que haveria de convencer Krilenko e o público de que se tratava de uma organização contrarrevolucionária, a qual, no entanto, Vassiliev se recusa a nomear, porque é um homem que sabe o significado da palavra "honra". Vassiliev repete a acusação de Krilenko quase literalmente, como se tivesse ensaiado aquilo por um bom tempo, e Krilenko o ouve com respeito e atenção, como se se tratasse de um inimigo corajoso cuja força reconhece.

Durante as falas de Krilenko e Vassiliev, Stern exibe um aspecto abatido, dizem os relatos, já assinou todas as confissões: sim, ele quis; sim, conhecia Vassiliev; sim, o embaixador; sim, perturbar as relações; sim, guerra; sim, eu, sim, sim, sim.

Mas quando, para cumprir com as formalidades, dão a palavra a Judas Stern, ele se volta lentamente para o público, encara a sala com seu olhar grave e, nervosa mas claramente, declara: Eu retiro tudo que disse, porque o processo judicial obedeceu a métodos não europeus. Ninguém esperava aquilo, e todos ficam em silêncio por um instante — a acusação, o juiz, o cúmplice de Stern. Ele nega todas as acusações, nega seus depoimentos anteriores, retira sua assinatura, revoga a própria confissão.

Os jornais estrangeiros agitam-se com aqueles "métodos não europeus", todos compreendem que aquilo significa tortura, mas não encontro a palavra em parte alguma.

Se aquele terceiro a mando do qual Vassiliev agira era o serviço secreto, então fica claro por que aquela colaboração harmônica fora do agrado de Krilenko: cabia a Vassiliev figurar como o inimigo mais forte, inflexível, e com isso corroborar a acusação; cabia-lhe interpretar o inimigo, um de tantos, e um inimigo que o serviço secreto capturara, fazendo dele verdadeira marionete, uma ferramenta daquele simulacro de julgamento. Também Stern tinha, é de se supor, uma tarefa a cumprir: a de agente, de um desafortunado van der Lubbe, como meu avô o imaginara. Mas Stern foi ou desobediente ou incapaz de obedecer. Talvez tenha infringido as regras ditadas pela GPU. Ou será que agiu sozinho?

TRÊS CARROS

Num intervalo do julgamento, o Vice-Comissário de Relações Exteriores, Krestinski, pergunta ao conselheiro da embaixada alemã, Hilger, qual era o número da placa de seu carro particular. Sem hesitar, Hilger informa o número. Dez minutos mais tarde, o tribunal pergunta a Stern que placas de carro da embaixada alemã ele conhecia. Stern cita três, entre elas a do carro de Hilger.

Gustav Hilger — que acompanhava e comentava o julgamento e seria o tradutor alemão oficial quando da assinatura do pacto Ribbentrop-Molotov, o homem que, em 1º de setembro de 1939, às onze horas, informou oficialmente o governo soviético da invasão da Polônia, que permaneceu em Moscou até 1941 e foi testemunha de vários outros processos e de grandes crimes —, esse Gustav Hilger oferece em suas memórias, *Nós e o Kremlin*, uma ideia do que foram os métodos empregados no processo judicial e no trato com o acusado Judas Stern. "Em minha longa prática na observação de semelhantes julgamentos soviéticos, não saberia citar outro exemplo tão gritante de colaboração entre a promotoria pública, o tribunal e uma autoridade estatal interessada no resultado final do processo que pudesse se equiparar a esse episódio protagonizado pessoalmente por um Vice-Comissário de Relações Exteriores."

ACASO

Terminado o intervalo, tem início o duelo entre Krilenko e Judas Stern.

— O cidadão Stern murmurou as palavras "não europeu", mas não fica claro o que significa europeu ou não europeu. Por que, no entanto, o cidadão Stern atirou no embaixador alemão?

— Foi por acaso. Eu pretendia atirar num embaixador qualquer e morava perto da embaixada alemã.

— E como as balas foram parar no carro?

— Por acaso. Não voei atrás delas.

— Estas quatro balas foram, portanto, obra do acaso?

Krilenko mostra fotografias do carro da embaixada perfurado pelas balas.

— É melhor o senhor perguntar às balas! Não sou nenhum especialista em artilharia.

Os cento e cinquenta espectadores riram a valer. Stern sorriu. Eu também rio, como as pessoas no tribunal, mas um arrepio percorre meu corpo. Reconheço o estilo familiar. Uma piada é mais importante que uma resposta correta, a palavra tem mais valor que suas consequências. É melhor ser um palhaço que aceitar regras pelas quais não se tem nenhum respeito. A piada é a arma dos impotentes. Pretendia Stern denunciar a farsa que ali se desenrolava aos olhos de todos?

A imponente sala do tribunal, os rostos sorridentes. No centro, um homem inseguro de olhar negro, fulgurante, e fala intermitente é descrito por todos que escrevem sobre o assunto como ridículo e instável, sua expressão facial alterna um obtuso aspecto meditativo com um sorriso torto, apalermado. Um *meschugge*?

Agira sozinho, afirma Stern. Atirara por acaso no conselheiro da embaixada alemã, poderia ter atingido qualquer outra pessoa. Afinal, o senhor sabe que a Faculdade de Etnografia fica ali perto, repete ele a todo momento. Estudei ali. E Stern vai adiante, põe tudo na conta do acaso. Sim, o acaso.

Onde tudo é regulado, onde tudo transcorre segundo um plano e até mesmo cinco anos de industrialização devem se cumprir em quatro, de modo que tudo dê errado de acordo com um plano, num tal país o acaso é um sinal; Stern queria atirar em alguém, dar um sinal.

Ele não se defende, gostaria de defender apenas a independência de sua própria vontade e contesta a acusação, contesta a própria contestação e perde o fio da meada, ou assim parece apenas, porque não há como ter certeza de que aquilo que hoje podemos ouvir aconteceu de fato.

Acaso, acaso, diz Judas Stern. Protesto, protesto, diz van der Lubbe, um ano mais tarde.

O véu é muitas vezes tão espesso que começo a questionar se Stern efetivamente atirou. Então ele se volta e pergunta a Krilenko:
— Quando o senhor vai me mandar para o mundo da matéria não organizada?

AS LÁGRIMAS DE MARIA

Sua irmã mais velha, Maria, de Leningrado, é intimada a depor como testemunha. Ela segue seu caminho pela sala do tribunal e procura o irmão no lugar errado, nas fileiras de espectadores, como se não soubesse quem é réu ali; perde-se na sala. Os presentes sentem um sopro de drama familiar. De repente, faz-se silêncio. Ela chora. Quando finalmente encontra seu lugar, Krilenko lhe estende um copo d'água. Estão todos à espera, o público se cala. Soluçando, Maria começa a falar do irmão, de sua infância, seu fracasso. Era um eterno perdedor. Tinha sido mau aluno, mau irmão. Sempre fora uma criança má, diz ela.

Os correspondentes falam das lágrimas de Maria, do silêncio no tribunal, do olhar de Judas. Sentado no banco dos réus, Stern contempla fixamente a irmã. Maria chora e segue falando. Para a Revolução, ele chegara demasiado tarde. Nos estudos, não se esforçara. Na fábrica, tampouco se dispunha a trabalhar. O revólver, Judas o roubara do marido dela. O irmão nunca tinha sido um amigo da União Soviética. Sempre havia querido partir para o exterior, diz ela aos prantos.

Eu leio as atas e noto que minha paciência vai se esgotando.

Ela chora porque está dizendo a verdade ou porque é obrigada a mentir?

Maria viveu pouco mais que Judas, mas ele não teve culpa da morte dela. Sua morte foi um acaso. Ela deveria acompanhar o marido, de quem Judas roubara o revólver, numa viagem aos Estados Unidos, em missão da Câmara de Comércio Soviética. Submeteu-se, então, a um procedimento médico em decorrência do qual morreu. O marido partiu sozinho para a América, cumpriu sua missão e, cinco anos mais tarde, foi acusado de ser espião norte-americano e executado. Se a história de Judas Stern exerceu aí alguma influência, não se sabe. Os dois filhos do casal, que, ninguém sabe por quê, tinham os nomes de meu pai e do irmão dele, Miron e Vil, desapareceram nos orfanatos anônimos da União Soviética, duplos de meu pai e meu tio.

O AVENTAL

A última testemunha é chamada. Trata-se de um capataz da maior fábrica de tecidos do país, Rosa Vermelha, assim batizada em homenagem a Rosa Luxemburgo, onde Stern teve seu último emprego.

Stern se lembra muito bem.

No primeiro dia na fábrica, tinha de usar um avental de trabalho. Recusou-se, declara o capataz.

— Está sujo, cheio de piolhos — disse Stern. — Não quero pegar tifo.

— O avental não está sujo — retrucou o capataz.

— Claro que está, e como!

— O senhor é que não quer trabalhar.

— Eu quero, quero, sim. Mas não quero pegar tifo.

— Todos usam avental. Ninguém aqui morreu disso.
— Mas os aventais estão sujos.
— Para quem quer trabalhar, estão suficientemente limpos.
— E os piolhos? Eles querem trabalhar também? — perguntou Stern.

O capataz respondeu:
— Que piolhos? Não tem piolho nenhum!

E o diálogo recomeça, segue girando em círculos, dá mais uma volta e, em algum momento, já não é possível saber quem está com a razão, se Stern ou o capataz, porque nenhum de nós viu o avental, o avental que contribuiu para a queda de Stern.

— Pois bem, o senhor vai vestir o avental?
— Não posso trabalhar sem ele?
— O senhor já viu alguém por aqui sem avental?
— E ninguém ficou doente?

Camarada juiz!, diz Krilenko, todo fato, toda ação, sobretudo num tribunal, precisa ter algum sentido; por trás de cada ação, de cada palavra, é preciso que haja um mínimo de sentido racional, e Krilenko mostra que tudo que Stern faz e diz não tem sentido nenhum, mas não quer declará-lo louco; em vez disso relata, algo enojado, zombeteiro e em detalhes desnecessários, a história dos bolsos sujos do casaco de Stern, como se essa prova de falta de higiene constituísse prova também do crime. Sente prazer ao descrever as quinquilharias encontradas naqueles bolsos e diz que deseja poupar o público presente de tais pormenores, mas já os mencionou todos.

Stern sorri; depois, com o olhar fixo, descamba para uma espécie de ironia, como se pouco lhe importasse que sua vida dependesse do resultado daquele julgamento, talvez porque esse resultado já estivesse decidido havia muito tempo, e ele estava livre, portanto, para não se preocupar mais com coisa nenhuma.

— Por que, então, o senhor levava no bolso do casaco um artigo de jornal sobre um atentado no Japão? Acaso?
— Agi sozinho, não tive ajuda de ninguém.

Talvez Stern tivesse razões suficientes para se recusar a vestir aquele avental. Não podia mais, não podia vestir o avental como todo mundo. Ele não era todo mundo. Sua vida toda havia sido uma camisa de força, como aquele avental. Submissão. Humilhação. Sujeira. Não queria e não podia se submeter; para os demais papéis faltavam-lhe energia e convicção. Querem apenas que, junto com todo mundo, eu engula, vista e produza sujeira, com entusiasmo e alegria no coração! Basta vestir o avental, e o resto é consequência natural. Ser um soviético significa desacostumar-se de toda e qualquer sensibilidade. Eu não sou assim. Na fábrica, disseram que eu não podia trabalhar se não vestisse o avental; na faculdade, acharam que eu não queria estudar porque, para estudar, precisava entrar para o sindicato, e eu não queria; em comparação com esse mundinho sujo, eu com certeza sou limpo. É preciso fazer alguma coisa, mostre, diziam-me, mostre do que você é capaz, dê um sinal; mostrei, não estou de acordo com nada, eu, eu, eu...

Durante o julgamento, Stern busca a todo momento tomar da palavra. Impedem-no com habilidade, mediante perguntas e interrupções. Até que ele desiste, mergulha no silêncio e abre mão até mesmo de uma palavra final. O veredicto repete as acusações de Krilenko, como se inexistissem contradições entre as declarações de Stern e o libelo acusatório. A retratação de Stern é ignorada, como se ele nada tivesse dito, como se nem estivesse presente, como se não existisse. Vassiliev, pelo contrário, desiste de seu papel de durão e se declara culpado; também Stern se declarou culpado, porque tinha atirado, ainda que não com o intuito que lhe imputava a acusação.

Dois dias depois, Stern e Vassiliev foram executados.

INSTINTO DE SOBREVIVÊNCIA

Kiev, 14 de julho de 2013

Cara Katja,

muito obrigada pelas balas. Teus pensamentos atingem em cheio as feridas (como dizem os especialistas em balística). Deveríamos falar mais e mais sobre elas. Também sabemos atirar.

Nessa história, o que fascina é a simplicidade do julgamento, porque se trata na verdade de uma tragédia grega: para quem sabe "como eram as coisas", o final está decidido e definido já de saída.

Foram todos fuzilados. Como exatamente o foram, é coisa que segue nos atormentando, e talvez justamente porque todos compreendemos, ou assim parece, que não havia esperança. Mas nosso herói continua acreditando, tem esperança, um inseto que dá voltas dentro do copo como se ainda estivesse em liberdade, como se não notasse que está preso. Morrer agora ou depois, não faz diferença nenhuma. Precisamente essas explosões inesperadas, as de Stern e as tuas, a agitação dele diante da morte, cada esperança — ainda que seja apenas você a acalentá-la —, isso é o que há de mais interessante, notável e angustiante; aí começa a literatura e termina a história. Para que você precisa desse ser humano, por que remexe suas cinzas? E como é ser ligada a ele?

Você diz que teu texto seria uma tentativa desesperada de estabelecer esse vínculo. Mas será que funciona? O instinto de sobrevivência nos vigia e observa atentamente nesses momentos.

Lâminas de facas saem da parede e se movem não muito longe do corpo. Pairam em alguma parte e, vez por outra, chegam bem perto, e você as descreve em teoria (nem isso eu consigo), mas não pode reproduzir esse medo e o horror da presença delas, porque reproduzi-lo significa aceitá-lo, dar-lhe passagem. Terríveis assim são essas coisas.

Tua Z.

ESQUEÇA HERÓSTRATO

O embaixador alemão Herbert von Dirksen, aquele a quem, como muitos acreditavam, o atentado visava, estava convencido de que meu tio-avô agira sozinho. Comparou Judas

Stern, segundo ele um homem imaturo, inconstante e vaidoso, a Heróstrato, o cidadão de Éfeso que, em sua sede de glória e em seu anseio pela imortalidade, pôs fogo no templo de Ártemis a fim de eternizar o próprio nome. Embora a menção a seu nome tenha sido posteriormente proibida, historiadores escreveram sobre ele, seu caso transformou-o num paradigma, e até mesmo a data do crime ficou registrada, porque, em algum momento, constatou-se que, na noite em que Heróstrato ateava fogo ao templo, nascia Alexandre, o Grande. Judas Stern transformou-se num paradigma ainda antes de cometer seu crime; sobre ele escreveram jornais que eram lidos por outros sedentos de glória, outros desejosos de protestar, como talvez o próprio van der Lubbe.

Enquanto falava ainda das deficiências da Justiça soviética, de "expiação sem explicação", a imprensa russa exilada louvou Stern, o autor do atentado: "Um herói que protestou sozinho contra o poder soviético e que encarna a nova intelligentsia russa". De Paris a Harbin, as pessoas seguiam acalentando a esperança de que o poder dos bolcheviques seria passageiro, de que em algum momento elas voltariam para casa, de que Stern era apenas um entre os milhares que não estavam de acordo com o arbítrio soviético e que, agora, viriam a público para protestar.

Seu atentado produzira ondas, mas Stern não gerara herói nenhum: tinha apenas libertado o gênio da garrafa. Incentivado pelas notícias dos jornais, Pavel Gorgulov, um emigrante russo em Paris em busca de justiça, atirou no presidente francês Paul Doumer durante a feira do livro de Paris, ferindo-o mortalmente em 6 de maio de 1932. A França inteira ficou chocada: o país dera abrigo aos emigrantes e agora um deles matava seu presidente. Gorgulov era um oficial sem Estado, um médico sem autorização para praticar a medicina e um literato que escrevia sua obra sob o pseudônimo russo de *Bred*, delírio.

A síndrome de Heróstrato propagou-se entre neuróticos, insatisfeitos e desafortunados instáveis. Essa gente via num atentado a chance derradeira de alcançar a glória, de protestar, de mostrar alguma coisa aos outros; insatisfeitos, pois, e muitas vezes cobertos de razão, recorreram às armas.

A GÓRGONA MEDUSA

Ele atirou, quis matar um ser humano, e isso me impede de compreendê-lo.

você está à mercê deles, não vão te matar de imediato, a cada um o seu prazer, vão controlar cientificamente tua transição de um ser humano a um amontoado de sangue, a morte é o maior ato de misericórdia, *eles* é que vão te ensinar, e não deus. a gente tem esperança, responde, prometem: se você falar, te deixam dormir de novo, renova-se a esperança, te deixam em paz, teu corpo te leva adiante, teu corpo, você não esperava, diz ainda os nomes no breve momento em que você está ali, todos os nomes que conhece e todos os lugares, são parte da conspiração, afinal você os conhece, em algum momento as palavras desaparecem, e tudo que você consegue é repetir o que te dizem, ou negar tudo, nada mais. matei um cavalo? agora podem fazer o que quiserem com você, mas te mantêm na fronteira entre a vida e a morte, uma região inexplorada

apesar disso, não tenho medo, como se não sentisse a dor do stern atormentado, sim, ele atirou. ali, eu morreria logo, não ofereceria resistência nenhuma, denunciaria todos os meus amigos sob métodos não europeus, imediatamente, tanto faz se fizemos alguma coisa ou não, se eu nomear todos, não vão pegar ninguém, espera somente, em segurança e pela segurança, mas ser atormentado por um mês inteiro, sempre as mesmas perguntas e promessas, depois mais perguntas e promessas, depois tortura, e talvez nem te fuzilem, abandonar toda esperança, isso não nos concedem, quando vão me mandar para o mundo da matéria não organizada?

eu sei, deveria ter medo, não gostaria nem de olhar, eu sei, quando se deixa esse tipo de medo entrar fica-se petrificado, como à visão da górgona medusa, o medo é a própria medusa, mas eu tenho uma proteção, meu escudo, meu nome. meu nome carrega em si uma pedra, petro, petra, pedra, graças a um avô, valeu a pena trocar de nome, não vou me petrificar, e sou inocente também, katerina, a pura, imaculada, eu poderia olhar para a medusa, mas algo me detém, como se entre mim e stern houvesse um herói com um escudo, perseu, ele segura um escudo, nele vejo medusa espelhada, não diretamente, mas como refrações de medo, medo em cacos, vejo cacos de medo, eles me ferem, por toda parte há um preço a pagar, um pedacinho de alma que se vai, não, de início não querem comprar a alma toda, só partes dela, uma contribuição ao sindicato, ao jovem partido, ao proletariado, parafusos, somos todos parafusos numa grande fábrica, e caso você sinta alguma dor fantasma, não se queixe, faça uma piada, e agora sorria, por favor, só um instantâneo, por assim dizer, para que a transição seja mais suave, quem ri vive mais, logo repousarás também, não tenho medo, perseu segura seu escudo diante de meus olhos, imagem refletida do horror, instinto de sobrevivência o ranger das máquinas, aorta ruptur, ossos, máquinas que pulverizam a consciência, e então vem a segunda onda, a fome, tomam os grãos, uma parte vai para o exterior, de onde vêm máquinas em troca, máquinas que ninguém sabe usar e que, por isso, são mais inúteis que as pessoas, que morrem, as máquinas moem e trituram, tudo se transforma em pó ou pão e vai para o inferno, e já não há lugar onde não existam a ruína e o crime, todos já atiraram, menos eu

KARL × JUDAS

No verão de 1932, Karl Albrecht, comunista e líder sindical soviético preso por ter criticado a corrupção na indústria madeireira, encontra-se trancafiado na famigerada prisão de Butirka, em Moscou. Dão-lhe um companheiro de cela, alguém do serviço secreto, como supõe Albrecht — o posterior nacional-socialista —, o que é incomum, porque em geral não põem agentes junto com outros prisioneiros, e aquele agente começa a falar do processo movido contra Stern e Vassiliev. Afirma que os dois teriam sido agentes da GPU incumbidos de matar o embaixador von Dirksen, mas que teriam falhado clamorosamente. Pela via do assassinato, cabia-lhes obrigar a Alemanha a proferir um ultimato, a união das revoluções nos dois países teria significado a guerra, conforme Stálin acreditava. Aos dois teriam prometido que poderiam desaparecer e que, com novos passaportes, readquiririam a liberdade, mas só depois do devido processo, com julgamento e execução com munição falsa, encenados para a imprensa e para os observadores internacionais. Os agentes Stern e Vassiliev continuariam trabalhando para a GPU. E lá estão, pois, os dois, com os rostos voltados para o muro. No último segundo, Judas Stern sente que a execução não é encenação. Ele se volta para seu carrasco e grita: Irmão! O que foi que eu... e cai morto no chão. O desconhecido relata que sacos ensanguentados foram transportados para fora de Butirka, e logo depois também o desconhecido desaparece.

ROSA DOS VENTOS

Sinto-me quase orgulhosa, como se meu tio-avô tivesse realizado um ato heroico. Quis ele, com seus tiros, provocar uma guerra entre a União Soviética e a Alemanha? Ou quis salvar a gente pobre, o povo miserável? Ou as duas coisas, como marionete, como agente, como um homem livre que, por acaso, se chamava Judas Stern?

Treze anos mais tarde, em 8 de maio, dia da libertação, Dia da Vitória sobre o fascismo — se bem que nós, do lado de lá, sempre vamos chamar de Dia da Vitória o 9 de maio —, meu pai fez treze anos e, se ainda fosse judeu, seria o dia de seu bar-mitzvá, de sua maioridade, o dia em que assumiria seus deveres religiosos, e justamente no dia da vitória sobre o fascismo, mas a expressão "bar-mitzvá" e seu significado ele só ficaria conhecendo quarenta anos depois.

Eu sempre quis me dedicar à história, meu pai me disse, mas nunca quis que ela se debruçasse sobre mim; disse também que ter um vínculo com a história não dependia de ter ou não parentes. E eu lhe disse que dependia, sim, que agora eu queria me dedicar a traçar um grande panorama, como se nós próprios estivéssemos na rosa dos ventos dos acontecimentos, ainda que apenas por causa de um parente maluco, com quem nada podíamos aprender.

5. Babi Yar

UM PASSEIO

> — *Eu digo uma palavra e você me diz o que ela significa,*
> *está bem?*
> — *Combinado.*
> — *Babi Yar.*
> — *Tem algo a ver com índios?*
> — *Não muito.*
> — *O que é, então?*
> — *É uma ravina nas cercanias de Kiev.*
>
> *Der nackte Mann auf dem Sportplatz,*
> filme de Konrad Wolff, 1974

Fazia muito tempo que eu não vinha até aqui. Babi Yar não fica mais na periferia da cidade. Hoje pode-se ir de metrô até a ravina. A metrópole já a envolveu há muito tempo. Uma barraca que vende cerveja Tuborg, uma banca de jornais, o monumento às crianças mortas. Sobre o pedestal, um pequeno pé de meia azul. Alguém o perdeu. Falta-me o oxigênio. Mulheres fazem jogging, garotos jogam futebol, homens bebem cerveja sentados nos bancos e aposentados coletam garrafas — o metabolismo urbano habitual. Morar na região não é mais barato que em outros bairros, porque Babi Yar é um parque. Procuro aqui o meu caminho. Babi Yar. A ravina das mulheres. Um nome estranhamente bonitinho. A senhora quis dizer "Baby Jahr"? — perguntou-me a bibliotecária em Berlim quando fui à procura de livros sobre o assunto. Mas não, não vou me perder, trouxe comigo diversos mapas da cidade, até mesmo um mapa datado de 2006 para a prática de orientação em Babi Yar.

Um lugar permanece o mesmo quando ali se mata, depois soterra, explode, cava, incinera, tritura, dispersa, silencia, planta, mente, despeja lixo, inunda, concreta, silencia de novo, interdita; quando se prendem os enlutados, se erguem dez monumentos anos mais tarde, se homenageiam os próprios mortos uma vez por ano ou se crê não ter nada a ver com isso?

Muitos anos atrás, perguntei a David, um amigo que sempre ia a Babi Yar naquele dia, se ele tinha parentes enterrados ali. Naquela época, ele me disse que aquela era a pergunta mais boba que já tinha ouvido. Só agora compreendo o que ele quis dizer. Porque não tem importância quem você é ou se tem mortos a lamentar ali — ou será que era apenas desejo dele que isso não tivesse importância? Para David, era uma questão de decência. Eu gostaria de relatar este passeio como se fosse possível calar que também meus parentes foram mortos ali, como se possível fosse, como pessoa abstrata, pessoa em si — e não apenas como uma descendente do povo judeu, ao qual tão somente a busca por lápides faltantes me une —, enfim, como uma tal pessoa, ir passear nesse lugar notável chamado Babi Yar. Babi

Yar é parte da minha história, a história que me foi dado ter, mas não é por isso, ou não apenas por isso, que estou aqui. Alguma coisa me conduziu até este lugar, porque acredito que, em se tratando de vítimas, ninguém é um estranho. Todo ser humano tem alguém aqui.

Sempre achei que os judeus no gueto foram pessoas privilegiadas, já quase ia dizendo pessoas de sorte. Eles tiveram um tempo maior para compreender o desenrolar dos acontecimentos e perceber que, provavelmente, logo estariam mortos. Dez dias depois da entrada dos alemães em Kiev, no final de setembro de 1941, toda a população judia que restava na cidade foi morta ali, em Babi Yar, praticamente diante dos olhos dos demais habitantes da cidade e com a ajuda da polícia da Ucrânia ocidental. Kiev, a mais antiga cidade russa, na qual também os judeus viviam havia milhares de anos, tinha se tornado *judenfrei*. Sim, normalmente as pessoas chamam essas vítimas de judeus, mas o que muitos querem dizer com isso é apenas "os outros". É enganoso, porque os que tiveram de morrer ali não eram os outros, e sim os colegas de escola, as crianças com as quais se brincava no pátio, os vizinhos, as avós e os tios, os anciãos bíblicos e seus netos soviéticos, gente que, no dia 29 de setembro, todos puderam ver num cortejo interminável pelas ruas de Kiev, caminhando pela Bolchaia Zhitomirskaia em direção à própria sepultura.

Nunca entendi por que esse infortúnio era sempre o dos outros. "A totalidade dos judeus da cidade de Kiev e arredores deve reunir-se em 29 de setembro de 1941, às oito horas, na esquina das ruas Melnik e Dokterivski (junto dos cemitérios)." Assim anunciara a Wehrmacht, e os zeladores dos edifícios tinham suas listas à mão para garantir que a totalidade dos judeus estaria lá. Quando chegaram a Babi Yar tiveram de se despir e, nus, foram forçados a passar por entre fileiras de policiais que os espanca-vam aos gritos e, adiante, onde o céu se abria, à beira da ravina, foram fuzilados por metralhadoras à direita e à esquerda. Ou, antes: os nus vivos jazem sobre os nus mortos, só depois vêm os tiros, as crianças são simplesmente atiradas sobre os cadáveres para serem enterradas vivas, o que poupa munição.

Eu caminho por uma paisagem plana onde se ergue um matagal. A ação transcorrera sem incidentes, comunicava a Ber-lim o líder do Sonderkommando, no início de outubro de 1941. Foi aqui? As pessoas passeiam, conversam e gesticulam ao sol. Não ouço nada. O passado engole todos os sons do presente. A ele, nada se acrescenta. Não há mais espaço para o novo. Para mim, é como se eu e as pessoas a passear nos movêssemos por telas diferentes. Há algo no gestual delas que revele a origem da violência humana? Ou o pendor para o papel de vítimas? Eu preferiria que Babi Yar tivesse agora o aspecto de uma paisagem lunar? Um lugar exótico? Tóxico? Todas as pessoas devoradas pela dor? Por que elas não veem o que eu vejo?

Kiev foi uma das muitas cidades em que aconteceu; diz-se que foi o maior massacre do Holocausto a ter lugar em apenas dois dias. Nesses dois dias, foram mortas 33 771 pessoas. Uma ci-fra curiosamente precisa. Mais tarde, outros dezessete mil ju-deus; depois, pararam de contar. Os primeiros a serem mortos em Babi Yar foram os pacientes do hospital psiquiátrico. Foram mortos em silêncio, em caminhões dotados de câmaras de gás, à beira da ravina, mas ainda no terreno da clínica psiquiátrica. Dois ou três dias mais tarde, foi a vez dos judeus. Mataram ali, ao longo de dois anos: prisioneiros de guerra, partisans, marinheiros da frota de Kiev, jovens mulheres, outros judeus da região, tran-seuntes apanhados na rua, três acampamentos completos de ci-ganos, padres e nacionalistas ucranianos que, de início, haviam colaborado com os alemães e, depois, também se tornaram vítimas deles. Segundo diferentes cálculos, morreram em Babi Yar algo entre cem e duzentas mil pessoas. Cem mil a mais ou a menos — não se sabe nem quantos foram, se um Babi Yar ou dois.

Antes, quando ainda não havia metrô, chegávamos à ravina pelo outro lado, meus pais e eu. Primeiro, olhávamos os afrescos do século XII na igreja de são Cirilo, o Juízo Final com o anjo enrolando o céu; depois, os afrescos em estilo art nouveau de Mikhail Vrubel, a Madona com seu olhar pesado e o Espírito Santo descendo sobre os apóstolos, para os quais os loucos do hospital próximo haviam servido de modelo. Munidos desse acolchoamento espiritual, atravessávamos Babi Yar, e eu mal sabia que lugar era aquele, não sabia se ele tinha a ver com minha família nem que tipo de ritual em louvor da vida, conforme me parecia, cumpríamos ali, só nós. Os avós de meus pais estavam enterrados ali em algum lugar, eles me contaram muitos anos depois, sim, e a bela Liolia. Minha babuchka jaz também em Babi Yar, meu pai me disse, só não conseguira chegar até ali por conta própria.

Alcançávamos então o monumento, o primeiro e, à época, único, inaugurado trinta e cinco anos depois do massacre, no lugar errado e no dia errado. Musculosos heróis soviéticos — um marinheiro, um partisan e uma mulher ucraniana — conquistam o passado. As palavras "heroísmo", "coragem", "pátria", "ousadia" ricocheteavam em mim como bolas de pingue-pongue. Nem uma única palavra sobre os judeus de Kiev que também jazem ali.

Quando, no verão de 1943, o Exército Vermelho se aproximava da cidade, os trezentos prisioneiros do campo de concentração vizinho, Syrets, precisaram desenterrar os mortos dia e noite, amontoá-los em pilhas de dois mil e quinhentos corpos, incinerá-los e, depois, triturar seus ossos. Não se pode contar o pó.

Os prisioneiros foram obrigados a apagar as pistas, também eles seriam posteriormente assassinados, a fim de que se apagassem inclusive aqueles que haviam visto tudo e, no fim, não restasse nada, nenhuma pista, nenhum ser humano, nada para contar. Pressentindo o próprio destino, tentaram fugir. Dos trezentos, sobreviveram no máximo catorze — as únicas testemunhas.

Depois da guerra realizaram-se investigações, embora praticamente já não houvesse o que investigar, e a política antissemita de Stálin pôs logo um fim àquilo. Autores de obras como *O livro negro da aniquilação em massa dos judeus*, que coletavam fatos e registravam testemunhos, foram perseguidos, assim como médicos judeus, acusados de assassinatos por envenenamento. O fuzilamento do Comitê Antifascista Judaico foi um dos últimos atos de Stálin. Entre os membros do comitê havia escritores também, os últimos a escrever em iídiche.

Hitler matou os leitores, e Stálin, os escritores; assim meu pai resumia o desaparecimento do iídiche. Os que haviam sobrevivido à guerra estavam de novo em perigo. Judeus, meio judeus, vinte e cinco por cento judeus — aprendia-se outra vez a degustar porcentagens, a língua congelava no aço frio. Foram todos estigmatizados como cosmopolitas apátridas, talvez porque mortos sem nenhuma consideração para com qualquer fronteira, eles, que mantinham ligações proibidas com o exterior e, por isso, não podiam pertencer à grande família dos povos irmãos da União Soviética.

Durante vinte anos, nunca houve em Babi Yar nenhuma referência ao massacre, nenhum monumento, nenhuma pedra, nenhuma placa. À matança seguiu-se o silêncio.

Hoje, ao procurar a ravina majestosa — antes da guerra, seu comprimento era de dois quilômetros e meio, com até sessenta metros de profundidade e bastante íngreme —, não consigo encontrá-la. Por dez anos, uma olaria bombeou seu entulho para ali, areia, argila e água; o governo soviético queria liquidar Babi Yar até como lugar físico. Em 1961, porém, uma barragem de terra se rompeu diante de Babi Yar, e uma avalanche de lama despejou-se sobre a cidade, matando mil e quinhentas pessoas. Também sobre esse fato impôs-se o silêncio. A lama foi reconduzida a Babi Yar, preenchendo a ravina.

Poucos meses depois, um poema de Ievgueni Ievtuchenko foi publicado na *Literaturnaia Gazeta*:

"Nenhum monumento ergue-se sobre Babi Yar/ Só uma escarpa abrupta, uma tosca lápide./ Tenho medo./ Hoje sou tão velho/ como todo o povo judeu./ Agora, parece-me,/ sou um judeu."

As pessoas se telefonavam, contou minha mãe, chorávamos de felicidade pelo fato de, agora, finalmente se falar abertamente sobre aquela desgraça. Um poeta russo cuidara das vítimas judias, de todas elas, parecia um milagre. Em seu poema, já não se tratava mais dos mortos deles, dos eternos outros, e o poema saíra impresso no jornal.

"Cada ancião fuzilado aqui/ eu. Cada criança fuzilada aqui/ eu." Em um mês, o poema havia sido traduzido para setenta línguas; Paul Celan o traduzira para o alemão, e Chostakóvitch o musicara no adágio de sua Sinfonia nº 13. Parecia que aquela desgraça universal já não ficaria ao relento, que a lembrança tornaria a honrá-la.

Mas não em Kiev. Somente seis anos depois Babi Yar recebeu uma pequena lápide. Todo ano, porém, quando, em 29 de setembro, as pessoas levavam flores para lá, a milícia tentava impedir tais ações, como ela as chamava. Meu amigo David e muitos outros foram embora de Kiev, não apenas porque a vida presente se tornara difícil para eles, mas também porque lhes haviam roubado seu passado, seu luto, seus lugares. Certa vez, David passou quinze dias preso por ter deixado flores ao pé de uma árvore em Babi Yar. Foi preso "por infringir a ordem e esparramar lixo em logradouro público".

Centenas, milhares de pessoas hão de ter visto os judeus atravessando a cidade no final de setembro de 1941; dezenas de milhares devem ter ficado sabendo. Em outubro, a cidade toda sabia do "reassentamento", sobretudo depois que as roupas e os objetos de valor dos assassinados foram distribuídos para o exército alemão. Em novembro de 1943, quando Kiev foi libertada, só um quinto da população vivia na cidade. Alguns estavam no front, muitos haviam fugido para o interior do país, grande parte tinha sido assassinada ou deportada para a Alemanha. Quem haveria de contar o que acontecera em Babi Yar, e para quem?

Anatoli Kuznetsov cresceu não muito longe da ravina. Tinha onze anos de idade quando, na vizinhança imediata da casa de seus pais, os fuzilamentos aconteceram. Depois da guerra, estudou balé e dançou na ópera de Kiev, mas Babi Yar nunca mais lhe deu sossego; ele não podia suportar o silêncio. Durante anos, coletou todas as pistas do ocorrido que ainda era possível reunir e entrevistou testemunhas. Em 1966, publicou o primeiro livro sobre Babi Yar, conduzindo muitas pessoas pela ravina, inclusive o poeta Ievgueni Ievtuchenko, a fim de mostrar que não havia mais o que mostrar, somente o que narrar.

Caminho de um monumento a outro. Avós passeiam com os netos e também contemplam os monumentos, muitas vezes apenas porque é o que estou fazendo. Há vinte anos, quando a Ucrânia se tornou independente, todos os grupos de vítimas foram ganhando, pouco a pouco, seu respectivo memorial: uma cruz de madeira para os nacionalistas ucranianos, um monumento para os trabalhadores do leste deportados para a Alemanha, outro para dois membros da resistência eclesiástica, uma placa para os ciganos. Dez monumentos no total, mas nenhuma lembrança conjunta; até mesmo nas homenagens a *Selektion* seguiu vigorando.

O que me falta aqui é a dimensão humana. A quem pertencem essas vítimas? São órfãs de nossa memória deficiente? Ou são todas... nossas? No alto da colina, ergue-se uma menorá, como uma árvore incinerada, o primeiro monumento judeu a Babi Yar, inaugurado cinquenta anos depois dos acontecimentos. Atormenta-me em particular uma placa instalada ali no final dos anos 80, com o intuito de homenagear também em iídiche o heroísmo e a ousadia dos soviéticos. Quantas pessoas nessa cidade ainda conseguem ler iídiche? Vinte? As línguas desaparecem por si mesmas? Ou aquela placa dirige-se diretamente a Deus?

Uma das maiores sinagogas de Kiev abrigou, depois da guerra, um teatro estatal de marionetes. Uma das marionetistas era Dina Pronicheva, que, em 29 de setembro de 1941, lograra escapar da ravina e, mais tarde, foi testemunha em vários processos. O último capítulo dessa metamorfose, assim me parece, é um teatro de marionetes numa sinagoga, no qual trabalha uma sobrevivente de Babi Yar.

Vou caminhando pelos monumentos na direção da igreja de São Cirilo, subo a colina, o mato vai se tornando mais selvagem, as pessoas desaparecem, já não se ouve o barulho do tráfego na avenida. À esquerda abre-se uma parede íngreme recoberta de densa vegetação, e vejo três túmulos com cruzes de metal. Os túmulos não autorizados de Babi Yar. Num deles, lê-

-se: "Também aqui pessoas foram fuziladas em 1941. Que suas almas descansem em paz".

Eu nunca tinha visto um túmulo com a inscrição "também aqui". Agora cheguei a Babi Yar. No meio do bosque, vejo uma coroa de flores pendurada no alto de uma árvore. Quem a depositou ali? Nesse lugar, as coroas fúnebres crescem em árvores? Melhor seria deixar que Babi Yar se transformasse numa selva? Com animais e plantas?

De repente ouço um som agudo e metálico, e um quadro surpreendente se apresenta a meus olhos. Dezenas de jovens, vestindo trajes pesados e ricamente adornados, reproduzem ali, numa clareira de reluzentes folhagens douradas, *O senhor dos anéis* de Tolkien. Nenhuma trilha conduz até aquele ponto. Pergunto ao senhor dos anéis como faço para sair dali, em direção à igreja, e ele me responde que o anjo vai me ajudar. Engel é o nome do rapaz que vai me acompanhar. Afundamos até os joelhos na folhagem, vemos duas ou três lápides cobertas de mato e contendo inscrições em russo ou hebraico. Em algum momento existiram cemitérios ali, o velho cemitério judeu, o cemitério dos soldados russos e o cemitério caraíta, todos demolidos depois da guerra; numa porção da enorme superfície erguem-se hoje uma torre e um estúdio de TV. Mas alguns poucos túmulos ainda se espalham pela área, as lápides brotando da terra feito cogumelos, como se obedecendo a um crescimento interior. Seguimos por um caminho interditado, e é como se fôssemos fazer algo proibido, como se nos movêssemos contra o curso do tempo em direção ao hospital psiquiátrico e à igreja, na qual um anjo desenrola o céu, e quando cuidadosamente pergunto a meu anjo onde estamos, ele responde que ali, antigamente, era Babi Yar.

RIVA, RITA, MARGARITA

Quando eu era pequena, minha avó Margarita — a mãe de meu pai, a quem chamávamos de Rita, embora ela na verdade se chamasse Rebekka, ou, abreviando, Riva — ia até a sacada do sétimo andar de nosso apartamento em Kiev, olhava para longe, por cima das árvores e do canal, para a ilha artificial e seus edifícios pré-fabricados e, então, gritava: Socorro! Os fascistas querem me matar! Quanto mais ela envelhecia, maior era o número dos fascistas, até que, em algum momento, só via fascistas em torno de si; estava rodeada de seu círculo familiar mais íntimo, e nós também havíamos nos transformado em fascistas.

Eu não pretendia falar dela, porque não a conheci em seus momentos mais lúcidos e sinto que, a cada olhar que lhe dirijo, vou levantando cada vez mais um véu que seria preferível baixar, porque ele oculta uma loucura negra e rija, o que há de mais íntimo. Em consideração ao silêncio de outros, não me cabe relatar o modo tormentoso como ela morreu, agarrando-se à vida que detestava, quando eu tinha sete anos de idade.

Toda vez que meu pai falava sobre sua mãe, ele dizia que ela tinha cabelos loiros-escuros ondulados e muito bonitos, sim, extraordinariamente belos, repetia ele: você sabe, eram grandes ondas, e uma delas era assim — ele passava a mão pelos próprios cabelos —, percorria a cabeça toda, desafiando todos os pensamentos, ele próprio tinha uma onda igual na cabeça. Esforçava-se sempre por dizer algo de bom sobre ela e dizia, o que era bonito, mas eu percebia seu esforço, como era difícil para ele falar de sua mãe.

No começo dos anos 20, quando Rita morava em Carcóvia e tinha ainda toda uma vida pela frente, ela quis entrar para o Partido. Tinha recebido uma recomendação de Viatcheslav Molotov, seu vizinho. Por um curto período de tempo, foram vizinhos de andar e de porta, mas naquela época ninguém imaginava ainda que Molotov fosse ficar famoso no mundo inteiro, ele, Ribbentrop e o pacto dos dois. De minha avó, ao contrário, nada se sabe, ela não deixou pistas históricas nem nos legou grandes feitos, nada além de nós. Prefiro, porém, o anonimato e a loucura dela à cisão da Europa produzida por ele, à estridência de seu nome.

Vez por outra, Rita lecionara em escolas profissionalizantes, em geral ensinando ideologia. Era severa e injusta, meu pai me contou certa vez, e eu sei que lhe doíam o fato de ela ser injusta e o poder que ela exercia sobre os alunos, porque as pessoas querem simplesmente ter a capacidade de amar a própria mãe, o que não era fácil para ele. Ela era uma mulher ansiosa, assustada e de saúde delicada, e eu sabia que ela sempre fora ansiosa, assustada e de saúde frágil, não apenas depois da guerra, mas antes também.

Talvez a loucura de Rita tenha sido deflagrada por algo que ela vira na infância, também isso me contaram. O irmão dela foi morto em 1905, ainda bebê, no pogrom de Odessa, quando lhe meteram a cabeça numa parede. Ela tinha então sete anos de idade e teria visto aquilo. Como sobreviveu, hoje ninguém mais sabe, talvez a tenham deixado viver com base num pensamento fugaz de que o mais importante não era a morte, e sim o poder sobre a alma humana. Eu não sei quem me contou essa história e tampouco sei se ela é verdadeira, porque não posso imaginar uma coisa assim, mas, se a história existe, então só pode ter sido meu pai quem me contou, embora eu tenha ainda mais dificuldade em imaginá-lo contando uma coisa dessa, motivo pelo qual nunca ousei perguntar a ele, atormentá-lo com aquela lembrança da morte do bebê. Ela ressona em mim e, no entanto, é tão vaga como se surgida de uma combinação de imaginação doentia e memória fraca. E de que outra forma, senão dessa, é possível comprovar a veracidade histórica desse acontecimento?

Lá atrás, porém, quando eu tinha ainda sete anos de idade e nada sabia de Rebekka e Riva, só conhecia minha avó Rita, Margarita, eu não encerrava seu nome num passado vasto e obscuro, e sim em meu próprio mundinho de menina. Para mim, ela era Rita, Margarita, Margaritka, uma flor, uma margaridinha, e elas cresciam por toda parte.

ANNA E LIOLIA

Enquanto minha bisavó Anna e minha tia-avó Liolia caminhavam em meio à densa multidão pela Bolchaia Zhitomirskaia, Natacha, a moça que trabalhava para elas, acompanhou-as por um trecho do caminho. Ela chorava sem parar, e Anna a repreendeu por aquelas lágrimas: Acalme-se, nós sempre tivemos boas relações com os alemães. Depois da guerra, ao reencontrar minha avó Rosa, filha de Anna, Natacha contou-lhe sobre aquela última e perturbadora frase de Anna.

Perguntei a minha mãe por que sua avó Anna tinha permanecido em Kiev. Decerto não quisera abandonar o túmulo do marido, Oziel, respondeu minha mãe, cheia de certeza, para, depois, menos convicta, acrescentar: Anna achou que não havia necessidade de fugir, ou talvez tenha achado que era velha demais para isso. Na verdade, completou ela, não sabia bem por quê.

Anna foi morta em Babi Yar, embora meus pais jamais dissessem "foi morta". Diziam que Anna jazia em Babi Yar, como se nesse "jazer" as almas de Anna e de meus pais pudessem encontrar sua paz, abolindo inclusive a questão dos responsáveis. Era-lhes penoso tratar dessa responsabilidade, porque não queriam se zangar com ninguém, eram incapazes de odiar alguém. Para eles, o ocorrido adquiria traços míticos, já não era compreensível a nós, humanos, e sim um fato incontestável, que não admitia verificação.

A imagem que tenho de Anna se entretece de fios estranhos, incompatíveis entre si. Eu só sabia que ela nascera em Łódź, filha de um moleiro — a bela moleira de Schubert, pensava comigo —, que seus irmãos, tanto em Łódź como em outras partes, trabalhavam na indústria têxtil e que tinham subido na vida. Anna, pelo contrário, trabalhara a vida toda cuidando da imensa escola para surdos-mudos de Oziel, na distante Kiev; lecionava e ajudava nas oficinas, estava sempre em movimento e fazia pelas crianças tudo que precisava ser feito. Até mesmo na foto que Natacha guardara consigo durante toda a guerra Anna está usando avental. Não se trata de um instantâneo, porque ela está fazendo pose, como se tivesse se embelezado para a fotografia, o olhar orgulhoso e desafiador.

Anna sabia o suficiente para não acreditar em suas próprias palavras sobre as boas relações com os alemães; afinal, depois de iniciada a Segunda Guerra Mundial, ela enviara pacotes para a Varsóvia ocupada e de lá recebera cartas também, até 1941. Quem ela pretendia consolar, envergonhar ou iludir com as tais boas relações? Minha tia Lida tinha treze anos quando viu sua avó Anna pela última vez, e também ela passou boa parte da vida num avental semelhante. Sessenta anos depois da morte de Anna, quando a própria Lida já estava velha e doente, ela disse de repente: Vou para junto da babuchka Anna — como se pensasse nela o tempo todo, embora nunca falasse da avó. Talvez usasse o avental em memória dela? Todos ficaram abalados com aquela declaração, era como um sopro vindo do outro lado, e todos entenderam que Lida estava desistindo, mas, ao mesmo tempo, ela havia feito uma escolha, queria ir, assim como Anna também fizera uma escolha ao permanecer em Kiev.

Lida não acreditava que Anna houvesse se submetido ao destino. Surdos-mudos não podem se dar ao luxo da submissão, Lida teria dito certa vez. Acreditava, talvez, que tivesse sido orgulho — o orgulho de uma professora que julgava poder transformar as pessoas, na guerra como na paz, uma pretensão talvez, a crença de que ela, Anna Levi-Krzewina, poderia impedir se não a invasão, pelo menos a escalada da guerra, não por intermédio de um ato de heroísmo, e sim repudiando, ignorando simplesmente a violência, ou ainda descrendo dela. Anna era demasiado orgulhosa para fugir do inimigo, dar-lhe as costas, e por isso ficou, para mostrar sua dignidade e, assim, talvez reeducá-lo, como se ficando, descrendo da maldade humana, recusando-se a acreditar nela e sobretudo na maldade dos alemães, também os alemães passariam a crer em suas boas relações com Anna Levi-Krzewina, e não na maldade que carregavam consigo; se ela própria acreditava naquilo ou fingia acreditar, também eles acreditariam ou fingiriam acreditar, Anna e os alemães, frente a frente, por assim dizer, porque se o orgulho daquela mulher a impedia de ter medo, então tampouco havia razão para temê-la — como recusar oferta tão generosa? Anna desafiara o invencível exército alemão para um duelo, mas os alemães não reconheceram a arma que ela empunhava. O orgulho era para ela mais importante que a sobrevivência? Ou ela acreditava que só os perdedores — perdedores no sentido militar, claro — eram capazes de conservar a própria honra num momento como aquele, em que lhes privavam de toda e qualquer dignidade?

Ou será que não queria mais viver, porque, se uma coisa como aquela podia acontecer, então não havia mais honra alguma?

Também Liolia, a irmã mais jovem de minha avó Rosa, jaz em Babi Yar. Por que Anna não persuadiu a filha a deixar a cidade? Na verdade, Liolia chamava-se Helena, chamavam-na a bela Liolia, decerto para evitar a comparação com a bela Helena, pela qual homens haviam ido à guerra, ao passo que meus parentes sempre foram contra a guerra. Liolia não ficou em Kiev apenas por causa da mãe, destino habitual de uma filha caçula; não, ela já tinha trinta anos e era casada; seu marido, Vladimir Grudin, bem mais velho que ela, professor no conservatório, compositor que havia gravado discos nos quais musicalizara poemas de Púchkin e que compusera um balé intitulado *Alice no País das Maravilhas*, Vladimir, pois, já estava farto do poder soviético, ou assim me contaram, e convencido de que, caso os alemães chegassem, tudo iria melhorar. A despeito de seu amor por Gustav Mahler, banido das salas de concerto alemãs havia muito tempo, ele acreditava que as coisas melhorariam sob a dominação alemã, porque piores simplesmente não podiam ficar. E Liolia, a princesa sonhadora, acreditou nele, como tantos acreditaram naquela época que, sob o domínio de um ou outro poder, a guerra traria tempos melhores para a vida cotidiana, para o trabalho e para a música. Liolia era pianista, disse-me um, mas costurava também, disse-me outro, trabalhava inclusive numa fábrica de roupas. Vladimir não queria que ela trabalhasse, ou será que não queria que ela tocasse? Moravam bem, na Bolchaia Zhitomirskaia, a apenas três prédios de distância de Anna; não tinham filhos, mas, em compensação, tinham um portentoso piano de cauda e outro vertical, muitos gatos e muitas almofadas nos sofás. Só uma vez vi uma foto de Liolia, debruçada sobre as águas de um riozinho estreito e cintilante, como se tivesse feito um movimento não muito definido, gracioso e desastrado ao mesmo tempo; os reflexos brilhantes do sol brincando na água, assim eu me lembro, pareciam ofuscá-la, a ela e a mim também.

Durante toda a minha infância tive medo do piano, que chegara a Kiev como despojo da guerra e, nos anos 60, acabou indo parar em nossa casa. Erguia-se em meu quarto feito um objeto desconhecido, vindo de mundos estranhos, e exibia a inscrição "Kaiserlicher Hoflieferant C. Hoffmann" em letras douradas. A cada aula de piano eu mergulhava mais fundo nas águas de um medo inexplicável e cada vez maior, até que, em algum momento, parei de ter aulas.

Aos dezessete, deixei cair uma xícara, e minha tia Lida, chamada à superfície da vida por aquele meu ato estabanado, disse: Você é como a Liolia. Naquela época, eu já sabia quem era Liolia, e a observação me paralisou de tal maneira que não ousei perguntar a Lida o que ela tinha querido dizer com aquele "como a Liolia".

Quando os anúncios para a "totalidade dos judeus" foram afixados nos muros da cidade, Vladimir Grudin sumiu. Ficou semanas sem aparecer em casa, e alguns diziam que tentava conseguir junto ao comando militar uma permissão para Liolia, a fim de evitar seu "reassentamento". Minha avó Rosa, irmã de Liolia, não acreditou nisso; embora nunca tenha me dito que se tratava de uma mentira, sinto que nunca o perdoou. Vladimir sumiu e só reapareceu anos mais tarde, nos Estados Unidos. Viveu mais quarenta anos, e minha avó Rosa acreditava inclusive ter ouvido o cunhado no rádio, na *Voz da América*. Liolia, porém, ficou à espera, esperava ainda ao caminhar pela Bolchaia Zhitomirskaia ao lado da mãe, na direção da ravina. Talvez Vladimir não seja culpado de nada, mas por que, então, minha avó às vezes dizia "Tudo, menos Mahler", como se rogasse por misericórdia? Era inquietante a velocidade com que ela reconhecia Mahler, como um perigo, como algo alarmante; num reflexo, ela então se fechava como uma ostra, como se Mahler fosse o culpado de tudo, como se ele fosse um sinal. Era o resultado equivocado ao final de toda uma série de erros incorrigíveis. Havia sido um erro dos alemães ter proibido Mahler e não ter reconhecido as armas de Anna; um erro de Vladimir Grudin ter confiado nos alemães; e um erro de Liolia ter acreditado em Vladimir e, achando que tudo ia acabar bem, ter ficado e esperado por ele.

Alguns anos atrás, Marina, a filha de Lida, telefonou para minha mãe num dia de abril para cumprimentá-la pelo aniversário do filho — de meu irmão, portanto —, porque é tradição entre nós cumprimentar os pais pelo aniversário dos filhos, mesmo que eles já sejam crescidos e morem longe. Cumprimentou-a e acrescentou: Estou lhe dando os parabéns por três aniversários. De dois, minha mãe sabia, porque curiosamente seu filho e seu neto haviam nascido no mesmo dia, mas e o terceiro? Liolia, disse Marina, hoje seria o aniversário de Liolia também. Nenhum de nós jamais se interessara em saber quando aquela mulher, que morrera tão jovem, fazia aniversário. Minha avó Rosa, irmã de Liolia, nunca tinha mencionado a data, nem mesmo quando a própria filha, minha mãe, teve seu primogênito naquele mesmo dia. Tampouco minha tia Lida o dissera a minha mãe, embora tenha sabido do aniversário a vida inteira, assim como da estranha coincidência dos três aniversários, como se eles constituíssem um expediente mnemônico. Em algum momento Lida deve ter contado à filha, Marina, mas por que Marina falara nisso só agora, setenta anos depois da morte de Liolia, como se, passados setenta anos, também os arquivos metafísicos tivessem sido abertos? E o que significava o fato de Marina, que já nada sabe de judaísmo, ter cumprimentado minha mãe pelos três aniversários justamente no dia em que Schlomo, o filho de meu irmão e terceiro na série de aniversários, estava às vésperas de seu bar-mitzvá e, portanto, segundo a tradição, de assumir como adulto a responsabilidade por si próprio e por seu clã? Era como se o aniversário de uma mulher sem filhos que fora morta como judia, embora já nada tivesse de judia, reverberasse no aniversário de um rapaz cuja família retornara ao judaísmo.

ARNOLD, O SORTUDO

Arnold era o mais sortudo de todos, dizia-se que era um felizardo. Tudo que se contava sobre ele parecia ter saído de uma fábula. Ainda criança, caiu de uma janela, mas sobreviveu. Depois, por causa de uma doença grave, removeram-lhe duas costelas, mas ele se salvou e até mesmo se curou. Era vítima constante de acidentes e percalços, mas sempre escapava deles incólume. Contaram-me uma infinidade de histórias de sobrevivência relacionadas a ele, todas elas obedecendo a um mesmo padrão: eram histórias sobre como ele se salvara e que sempre começavam com Arnold à beira do patíbulo. Eu ficava imaginando Arnold e o patíbulo, mas o patíbulo não combinava com aquela figura sardenta e engraçada de cabelos ruivos. Soavam os tambores, não: o carrasco arregaçava as mangas e aí, sim, ouviam-se de fato os tambores, e cabia a Arnold agora se ajoelhar; ou não, não: em plena guerra, numa aldeia ucraniana onde ninguém sabia que ele era judeu, Arnold era conduzido ao paredão, havia trabalhado como açougueiro e tinha vendido carne estragada; ou fora sapateiro e, terminado o conserto, o prego no sapato seguia atormentando; ou era revolucionário, partisan, rebelde, ou então fora traído e seria agora fuzilado, mais de uma vez, como se fosse possível ser fuzilado diversas vezes; levam-no homens portando fuzis, eles com seus contornos negros, ele qual um palhaço confuso, caminham na direção do bosque, e a cena é tão grotesca, quase divertida, que não é possível que acabe mal, e então, sim, nesse exato momento, nosso exército toma a cidade de assalto e a liberta dos alemães, dos guardas brancos, dos estrangeiros, liberta Arnold e liberta Abracha e liberta Abram, uma única e mesma pessoa, meu tio-avô, irmão de Rosa e Liolia, porque assim se chamava ele de fato: Abram, Abracha. Quando eu era criança, não sabia que guerra bramia lá fora, que exército tomara a cidade de assalto, se o Vermelho ou o Branco, as pessoas sempre diziam o nosso, sim, mas eu não entendia se já era nosso heroico exército soviético ou o de antes, o Vermelho, o Branco, o tsarista, ou de que lado estava Arnold e quem tentava executá-lo. Arnold me parecia ter se salvado de todas as guerras, só mais tarde consegui situar suas salvações na época certa e na guerra certa, e precisei ainda de mais algum tempo para compreender que ele era judeu, ou era tido como judeu, e que tudo que aconteceu com ele e com os judeus tinha a ver com esse fato. Que, em algum momento, ele se chamara Abram, isso só descobri há pouco tempo. Toda a minha vida teria transcorrido de outra forma — mais engraçada, mas mais judia também, ou assim creio hoje — se eu tivesse sabido desde o princípio que tínhamos um Abracha na família, um nome que eu não conhecia da vida real, e sim de anedotas que se multiplicavam infinitamente, como as fábulas de sobrevivência de Arnold, e talvez essas fábulas só existissem por causa das anedotas.

Com a proximidade cada vez maior da guerra, Arnold quis fugir de Kiev, mas se ocupou por tanto tempo com a fuga dos surdos-mudos que não lhe sobrou tempo nem veículo no qual pudesse conduzir a si próprio e sua família para lugar seguro.

Uma vez anunciada a ordem à "totalidade dos judeus", ele desapareceu nas cercanias da cidade e sobreviveu à guerra com o auxílio de camponeses ucranianos em esconderijos no campo. Às vezes, dizendo-se artesão, procurava trabalho em aldeias nas quais ninguém sabia que ele era judeu. Sua esposa russa, Zinaida, e o filho Tolia, de três anos de idade, tinham ficado em casa, na Kiev ocupada. Talvez Arnold não soubesse que a capacidade de se salvar só se aplicava a ele e, por isso, à noite, ia até sua casa na cidade, levando consigo gêneros alimentícios trazidos das aldeias. Os vizinhos denunciaram Zinaida à polícia, afirmando que ela mantinha contato com partisans, ou então que escondia o marido judeu. Provavelmente foram rapazes da vizinhança, invejosos do casamento dela com o judeu Abracha e que, tão logo ele desapareceu, foram fazer a corte a Zinaida. Ela foi presa e fuzilada na mesma noite, contam alguns; outros dizem que teria sido torturada pela Gestapo. Quando a polícia chegou, o pequeno Tolia brincava no jardim dos fundos do prédio; teve a sorte de estar brincando do lado errado do edifício, herdeiro, talvez, da capacidade de sobrevivência do pai. Marussia, a vizinha, o acolheu e criou o menino durante a guerra, até a volta de Abram.

Depois da guerra, Arnold passou a vida toda trabalhando com os surdos-mudos, como professor de educação física, como zelador ou na administração, e todos o amavam. Era uma pessoa de um calor humano só encontrável em contos de fada e muito empreendedor, ainda que apenas em relação a empreendimentos dos outros. Em se tratando de seus próprios interesses, a troca de nomes dá a dimensão de sua habilidade no comércio e nos negócios; ele trocara de nome por causa do crescente antissemitismo estatal do pós-guerra, e trocara Abram por Arnold, embora este último nome não soasse em nada menos judeu, talvez um pouco mais nobre e decoroso, ou mesmo um tanto vienense, mas ninguém que não fosse judeu se chamava Arnold. Era como na anedota do Abracha, que compra um ovo por dez rublos, o cozinha, vende pelos mesmos dez rublos e, quando lhe perguntam o que lucrou, responde: e o caldo?

No final da vida, Arnold se casou pela terceira vez e, de novo, deu prova de sua sorte, porque nem mesmo a severa Ida, que só pensava em poupar e manter a ordem, não conseguiu arruinar sua felicidade. O nome dela era o mesmo da primeira mulher, Zinaida, ela cozinhava maravilhosamente e, todo ano, me dava de aniversário uma caixa de bombas de chocolate em forma de cisne, para que também em nossa casa tudo transcorresse em ordem naquele dia. Minha prima Marina sempre dizia: Ela, tudo bem, mas os parentes dela... Os parentes pareciam saídos de um livro de caricaturas: eram cobiçosos, barulhentos e agressivos com todo mundo.

Quando Arnold morreu, todos os surdos-mudos de Kiev foram ao enterro. Centenas, milhares de surdos-mudos de aspecto pacífico e sereno, o silêncio era como aquele entre pessoas capazes de se entender apenas com um olhar. Sua surdo-mudez parecia apenas um pretexto para uma pantomima fúnebre realizada em segredo, como se estivessem prestes a sair dançando. Arnold era seu herói, seu rei e seu palhaço; com ele por perto, nada haveria de dar errado.

TALVEZ ESTHER

Que o bom Deus te ensine tudo que não sei, a babuchka vivia dizendo. Era uma frase que ela repetia levemente ofendida, mas com orgulho também. Seu neto Marik, isto é, Miron, meu pai, era um homem cultíssimo, tinha lido muito. Aos nove anos de idade, já devorara centenas de livros e fazia perguntas aos adultos que, assim pensava ele, eram muito simples, elementares. Em geral, a babuchka não sabia respondê-las. Nem mesmo o dito de Sócrates, só sei que nada sei, ela conhecia. Talvez quisesse consolar a si mesma com aquela frase, ou ralhar com o neto inteligente; certo era que ela insistia naquela máxima, que soava qual um aforismo proveniente da Antiguidade: que o bom Deus te ensine tudo que não sei.

Além daquele dito, só restaram outras duas coisas de minha bisavó, a babuchka de meu pai: uma fotografia e uma história.

Quando, diante do exército alemão, em agosto de 1941, a família fugiu de Kiev e meu avô Semion teve de ir para a frente de batalha, a babuchka ficou sozinha em casa, na rua Engels, que descia íngreme em direção à suntuosa avenida Khrechtchatik.

Não a levaram consigo. Ela mal podia andar; durante todo o verão de guerra, não conseguira nem sequer descer as escadas até a rua. Levá-la estava fora de cogitação, porque ela não teria aguentado a viagem.

A fuga lembrava a partida para uma curta temporada na datcha, e a babuchka foi deixada para trás na crença de que, terminado o verão, todos se reencontrariam. O mês de julho demandava aquela mudança de ares, e todas as pessoas nas ruas carregavam malas e trouxas, como o faziam todo verão, apenas a pressa e a grande quantidade de gente denunciavam que, apesar da estação apropriada do ano e dos pertences habituais, não se tratava absolutamente de uma excursão à datcha.

Eu acho que ela se chamava Esther, disse meu pai. Sim, talvez Esther. Eu tinha duas avós, e uma delas se chamava Esther, isso mesmo.

Como assim, "talvez"?, perguntei indignada. Você não sabe o nome da tua avó?

Nunca a chamava pelo nome, ele me respondeu. Eu a chamava de "babuchka", e meus pais a chamavam de "mãe".

Talvez Esther permaneceu em Kiev. Tinha dificuldade para se movimentar pelo apartamento subitamente vazio; os vizinhos levavam a comida. Pensávamos que voltaríamos logo, disse meu pai, mas só voltamos sete anos mais tarde.

De início, nada de fundamental se alterou na cidade. A única coisa era que os alemães tinham chegado. Quando a convocação "Todos os judeus da cidade de Kiev devem se encontrar pontualmente" etc. chegou até minha babuchka, ela de pronto começou a se preparar. Os vizinhos tentaram demovê-la. Não vá! A senhora nem pode andar!

O controle era total. Os zeladores vasculhavam os endereços, as listas de moradores. A fim de que "todos", em russo, e a "totalidade", em alemão, obedecessem, escolas, hospitais, orfanatos e asilos para velhos foram revistados. O comparecimento era controlado por patrulhas alemãs e ucranianas. No edifício número 11 da rua Engels, porém, o zelador estava disposto a não dizer nada sobre aquela velha, a ignorá-la, e não para salvá-la da morte, não, porque não se pensava na morte, ou, melhor dizendo, não se chegava a tanto, não se levava o raciocínio efetivamente até o fim, ia-se na rabeira dos acontecimentos. Pensem bem: por que uma anciã haveria de se pôr a caminho, ainda que ele conduzisse à Terra Prometida, se nem podia andar? Não vá, disseram os vizinhos. Talvez Esther permaneceu obstinada.

O centro da cidade estava em chamas havia dias. As explosões atemorizantes não cessavam. Prédios voavam pelos ares com regularidade fatal. Primeiro, o edifício lotado da administração da ocupação; depois, um cinema em plena sessão, uma associação de soldados e um depósito de munições. Aquilo não tinha fim. O Exército Vermelho em retirada punha explosivos nos prédios e os detonava por controle remoto. Em dois ou três dias, a Khrechtchatik estava em ruínas. Por todo o centro havia chamas. Os alemães, que de início haviam se estabelecido pacificamente na cidade, ficaram desorientados a princípio; depois entraram em pânico e descambaram para a fúria ante aquela modalidade ainda desconhecida de guerra de guerrilha. Parecia que a convocação a "todos" e à "totalidade" era uma consequência lógica, uma retaliação contra os supostos culpados, como se estes já não tivessem sido declarados culpados, condenados de antemão, como se aquela convocação tivesse sido espontânea e nem tudo que fora definido fazia muito tempo devesse ser transformado em realidade. Mas Talvez Esther aparentemente não sabia de nada disso, nem mesmo do que acontecia no centro da cidade, a menos de quinhentos metros de onde ela morava.

Até a padaria do outro lado da rua, na esquina da rua Engels com a Meringovskaia, permanecia sempre aberta, como os vizinhos relataram a ela. Só que três degraus abaixo do nível da rua. Não ouvira as explosões? Não sentia o cheiro de queimado? Não vira o fogo?

Se a convocação valia para "todos", vamos "todos", ela disse a si mesma, como se fosse questão de honra. E ela desceu. Tudo o mais permaneceu imóvel. Como foi que ela conseguiu descer, isso a história não nos conta. Se bem que, não, os vizinhos devem tê-la ajudado: de que outro modo ela poderia ter descido?

No cruzamento, lá embaixo, as ruas desenhavam suas curvas, arredondavam-se na distância, e se podia sentir que a Terra de fato girava. Uma vez na rua, estava sozinha.

Além de uma patrulha, não se via ninguém naquele momento. Talvez "todos" já tivessem partido. Dois homens bem loiros, eretos e quase elegantes passeavam tranquilamente pelo cruzamento, cônscios de seu dever. Tudo claro e deserto como num sonho. Quando Talvez Esther caminhou até eles, viu que se tratava de uma patrulha alemã.

O número de policiais ucranianos que percorriam as ruas de Kiev no primeiro dia da operação, a fim de verificar o comparecimento de "todos", ninguém contou. Eram muitos os ucranianos, mas é de se supor, ou antes é certo que a babuchka preferia se aproximar dos alemães a recorrer aos ucranianos, de quem desconfiava. Tinha escolha?

Ela foi até eles, mas quanto tempo durou esse *foi*? Que cada um siga aqui o ritmo da própria respiração.

Esse *foi* desenrolou-se como um acontecer épico, até porque Talvez Esther se movia como a tartaruga dos paradoxos de Zenão, passo a passo, devagar e sempre, tão devagar que ninguém podia alcançá-la, e quanto mais devagar ela ia, mais impossível se tornava alcançá-la, detê-la, trazê-la de volta e, mais ainda, ultrapassá-la. Nem mesmo o veloz Aquiles teria conseguido.

Ela desceu uns poucos metros pela rua Engels, uma rua que antigamente se chamava Luteranskaia e que hoje, de novo, leva esse nome, sim, em homenagem a Martinho Lutero, uma rua em que cresciam as árvores mais belas e onde, desde o século XIX, comerciantes alemães haviam se estabelecido, onde duas igrejas alemãs haviam sido construídas — uma lá em cima, outra na esquina da Bankovaia —, uma delas bem em frente a minha primeira escola. Quarenta anos depois daquela caminhada da babuchka, também eu passava todo dia pelas igrejas alemãs.

Primeiro a rua se chamou Luteranskaia, depois rua Engels — a rua de Engels ou a rua dos *Engel*, anjos. Qualquer um que não soubesse em que império localizava-se aquela rua podia pensar que seu nome, de fato, homenageava os anjos. Isso combinava com ela, tão absurdamente íngreme, tão inclinada que dava asas a qualquer um que a descesse. Eu era uma criança soviética, conhecia Friedrich Engels e fincava meus passos na terra.

É possível que o lento caminhar de Talvez Esther refletisse um erro linguístico. Para os judeus mais velhos de Kiev, o iídiche seguia sendo a língua materna, quer fossem eles religiosos e observantes da tradição, quer se precipitassem atrás dos filhos rumo ao resplandecente futuro soviético. Muitos velhos judeus se orgulhavam de seu alemão, e, quando os alemães chegaram, talvez tenham pensado — a despeito de tudo que já se dizia, de tudo que ia pelo ar e que já não podia ser caracterizado como mentira — que eles, justamente eles, eram os parentes mais próximos das forças de ocupação, dotados ainda do direito especial daqueles para os quais a palavra é tudo. Simplesmente não se dava crédito aos rumores e aos relatos que chegavam a Kiev provenientes da Polônia e da Ucrânia já em grande parte ocupada. Como dar crédito àqueles boatos?

Os velhos ainda guardavam na lembrança o ano de 1918, quando, depois de toda a turbulência militar e do constante girar do carrossel do poder, os alemães entraram na cidade e cuidaram para que nela reinasse certa ordem. Agora, com os alemães, parecia que aquela mesma ordem de repente retornara. As instruções exatas em russo: Todos os judeus da cidade de Kiev e arredores devem se reunir na segunda-feira, 29 de setembro de 1941, às oito horas, na esquina das ruas Melnik e Dokterivski (junto dos cemitérios). Levar documentos, dinheiro e objetos de valor, assim como roupa de frio, roupa íntima etc. Era claro, preciso e inteligível: todos, oito horas, o endereço exato. Nem os cemitérios nem o depreciativo *żyd* nos cartazes em russo provocaram inquietação, talvez devido à leve interferência do polonês e do ucraniano ocidental, línguas que não possuíam outra palavra para *żyd*, tão humilhante em russo. Os cartazes mencionavam ainda alguma coisa sobre fuzilamento. Toda desobediência resultará em fuzilamento. Todo e qualquer furto praticado por judeus resultará em fuzilamento. Mas isso apenas se as pessoas não seguissem as regras.

Durante a caminhada da minha babuchka, batalhas poderiam ter eclodido e Homero teria começado a enumerar as naus.

Uma das primeiras histórias que minha mãe leu para mim e que, depois, sabe Deus por quê, tornou a me contar diversas vezes, como se aquela repetição encerrasse um poder pedagógico, foi a história do calcanhar de Aquiles. Quando sua mãe o banhou no rio da imortalidade, ela o segurou pelo calcanhar, dizia minha mãe com voz insinuante, como se a história já tivesse acabado; ela o segurou pelo calcanhar, dizia minha mãe, não sei se pelo esquerdo ou pelo direito — mas isso ela talvez nem tenha mencionado e eu é que tenha me preocupado em saber se era o esquerdo ou o direito, embora não fizesse diferença nenhuma.

O rio estava gelado, o bebê não chorou, estava-se no Reino das sombras, e todos se igualavam às sombras, até mesmo o gordo bebê parecia ter sido recortado de uma folha de papel. Ela o banhou no rio, contava minha mãe, para que ele se tornasse imortal, mas se esquecera do calcanhar. Eu me lembro que essa passagem me dava um medo tal que minha alma ia de fato parar no calcanhar, como se diz em russo quando se é tomado pelo medo, e talvez seja mais seguro para a alma se refugiar no calcanhar e ficar por ali, até o perigo passar. Àquela altura, eu já não podia me mexer e mal conseguia respirar, sabia que o calcanhar que a mãe de Aquiles havia segurado encarnava algo de inescapável, de fatal. Pensava também no feiticeiro maligno da fábula, em Кощей Бессмертный, Kochtchei Besmertni — Kochtchei, o Imortal —, que, na verdade, era mortal, mas sua morte ocultava-se na ponta de uma agulha, a agulha num ovo, o ovo num pato, o pato morava num carvalho, e esse carvalho erguia-se numa ilha que ninguém sabia onde ficava. E agora — um calcanhar nu!

Eu via a sombra de minha mãe na parede, parecendo uma figura numa ânfora de terracota, e pensava na mãe de Aquiles, no Estige negro e no crepuscular Reino das sombras; depois, em nosso rio largo, que eu atravessava todo dia a caminho da escola, em nosso Reino das sombras e, de novo, em minha mãe, que espichava incrivelmente a história do veloz Aquiles, em épica divagação, falando de Troia, da amizade com Pátroclo e da ira. Repetia diversas vezes a palavra "ira" e, enfurecida, seguia contando como Aquiles morrera por causa da amizade com Pátroclo, alvejado no calcanhar por uma flecha disparada por Páris e guiada por Apolo. Eu não entendia por que Apolo, patrono e protetor das musas, tinha guiado aquela flecha na direção do ponto onde agora minha alma angustiada se abrigava.

E assim a história de Aquiles se transformou em minha própria vulnerabilidade, em meu ponto fraco, porque minha mãe me banhara naquela história, no rio da imortalidade, como se, assim, eu pudesse receber a proteção dos imortais, mas ela se esquecera do meu calcanhar, o calcanhar onde minha alma se encolhia atormentada pelo medo e pressentindo uma fatalidade, e eu compreendi que todos hão de ter uma vulnerabilidade, o calcanhar, a alma, a morte — na verdade, a única prova da imortalidade.

Decisivos foram, na verdade, os meios de transporte. Quem pôde fugiu de Kiev. Quando Semion gritou para que a família estivesse lá embaixo em dez minutos, onde o caminhão a aguardava, o vaso com o fícus já estava na carroceria. Confuso no meio daquele caos, o vizinho o colocara ali, pronto para ser levado também. Na carroceria já se encontravam duas famílias, sacos, malas, trouxas e o tal fícus, símbolo do lar e da vida doméstica. Não havia lugar para mais uma família. De um só golpe, Semion tirou a planta dali e empurrou as malas para os lados, a fim de abrir espaço para a mulher e os filhos. O fícus permaneceu à beira da íngreme Luteranskaia.

Vejo as folhas daquela figueira que, agora, em 1941, balançam ao ritmo dos acontecimentos mundiais. É àquele fícus que devo minha vida.

Leio o que meu pai escreveu sobre a fuga de Kiev. Tudo bate, só falta o fícus, sobre o qual ele me contara antes. Tudo está a salvo e no lugar certo: um rapaz aturdido e míope — meu futuro pai —, seu pai, resoluto, trajando uniforme novo, o caminhão, os vizinhos, as malas, as trouxas, a confusão, a pressa. Está tudo lá. Só falta o fícus no vaso. Ao constatar a ausência, perco o chão sob meus pés. Alavanca e ponto de apoio de minha história desapareceram.

E, no entanto, tenho o fícus bem nítido diante dos olhos, sozinho e abandonado diante da casa dos pais de meu pai. Suas folhas tremulam ao compasso da Wehrmacht que marcha sobre a cidade. Quando ouço esse tropel, ao som do qual se poderia assoviar Chostakóvitch, compreendo que meu pai só sobreviveu porque o fícus foi retirado da carroceria do caminhão. É claro que era preciso tirá-lo dali. Seria absurdo se, em vez de um rapaz, tivessem levado o fícus. Contudo, pela lógica dos acontecimentos de então, também isso poderia ter sido normal. Já a suposição de que aquele garoto, por um encadeamento de circunstâncias casuais, ainda que fictícias — imaginem vocês —, houvesse precisado ficar em Kiev, torna impossível a minha história, põe em dúvida minha existência. Perdida uma única carta, já não se pode seguir no jogo.

Os semelhantes desse jovem que ficaram na cidade — embora "semelhantes" seja uma palavra neutra, permitam-nos dizer: os judeus, é mais simples, mais simples no sentido de mais inteligível, como se fosse possível entender melhor, mas infelizmente, ou fatidicamente, é de fato mais inteligível assim, *post factum* naturalmente, apenas *post factum*, quando se considera o que aconteceu depois, embora isso de fato não justifique de modo algum o que aconteceu depois —, enfim, os que permaneceram na cidade foram levados para Babi Yar, ou, como minha mãe costuma escrever, para BY, como se todo mundo soubesse o que significa BY, ou como se ela realmente não pudesse, e quero dizer não pudesse mesmo, chamar aquele lugar pelo nome completo. E lá foram todos fuzilados. Mas isso vocês com certeza sabem. A distância daqui a Kiev é praticamente a mesma que daqui a Paris.

E agora eu sei para que preciso do meu fícus.

— Pai, você esqueceu o fícus.

— Que fícus? Não me lembro de fícus nenhum. Malas, trouxas, sacos, caixas, sim. Mas um fícus?

— Mas pai, você me contou sobre o fícus que foi tirado da carroceria do caminhão.

— Que fícus é esse? Não me lembro disso. Talvez eu tenha me esquecido.

Minha atenção estava fixada no fícus, o fícus era meu foco. Não entendia como alguém podia se esquecer de uma coisa assim. Não entendia o que haveria de ter acontecido a alguém para que a esquecesse.

O fícus me parece o protagonista, se não da história universal, ao menos da história da minha família. Na minha versão, ele salvou a vida de meu pai. Mas se nem meu pai consegue mais se lembrar do fícus, então talvez ele não tenha existido. Quando ele me contou da fuga de Kiev, é possível que, na minha imaginação, eu tenha acrescentado detalhes que preenchessem as lacunas na rua.

O fícus existiu ou é ficção? A ficção nasceu do fícus ou foi o contrário? Talvez eu nunca consiga determinar se o fícus que salvou meu pai de fato existiu em algum momento.

Telefono para ele, que me consola.

— Mesmo que ele não tenha existido, às vezes esses atos falhos dizem mais que um inventário meticuloso. Às vezes é justamente a pitadinha de poesia que torna a lembrança fiel à realidade.

E assim foi que meu fícus fictício foi reabilitado como objeto literário.

Uma semana havia se passado, quando meu pai me disse: Eu acho que me lembro de um fícus. Talvez... Ou será que é do teu fícus que me lembro?

Se meu avô não tivesse tirado aquele suposto fícus da carroceria, não haveria lugar na arca-caminhão para o garoto de nove anos que viria a ser meu pai, que tampouco acabaria, pois, na lista dos sobreviventes, e eu não existiria. Como não existiu o fícus, mas nós existimos, isso significa que, afinal, ele existiu, sim, ou deve ter existido, porque, se não tivesse existido, tampouco existiríamos nós, não teríamos conseguido nos salvar; eu digo "nós", mas quero dizer meu pai, porque se meu pai não tivesse sido salvo, como poderia ele se lembrar do fícus, e como poderia tê-lo esquecido? Fica demonstrado, portanto, ou talvez se possa demonstrar, que devemos nossa vida a uma ficção.

Hhherr Offizehr, senhor oficial, disse a babuchka com sua inconfundível pronúncia iídiche, mas convencida de que estava falando alemão: *Zeyn Zi so fayn*, diga-me, *was zoll ikh denn machen?* O que eu faço? *Ikh hob di plakatn gezen mit instruktzies far yidn*, vi o cartaz com as instruções para os judeus, mas não consigo andar depressa, *ikh kann nyscht loyfn azoy schnel*.

Fuzilaram-na de imediato, num ato desleixado de rotina, casualmente, sem interromper a conversa, sem nem se voltar de fato para ela. Ou não, talvez não. Talvez ela tenha perguntado: *Hhherr Offizehr*, diga-me por favor, como faço para ir até Babi Yar? Aquela podia ser de fato uma pergunta inoportuna. E quem é que gosta de responder perguntas tolas?

Como Deus, observei aquela cena da janela do prédio defronte. Talvez seja assim que se escrevem romances. Ou fábulas.

Sentada lá em cima, à janela, vejo tudo! Às vezes tomo coragem, me aproximo e me posto às costas do oficial, para poder ouvir a conversa. Por que estão de costas para mim? Dou a volta neles, mas continuo vendo apenas suas costas. Por mais que me esforce para ver seus rostos, para olhar para eles, o da babuchka e o do oficial, por mais que me estique para contemplá-los, distendendo todos os músculos da minha memória, da minha fantasia e da minha intuição — não consigo. Não vejo os rostos, não entendo, e os livros de história se calam.

De onde conheço todos os detalhes dessa história? Onde a entreouvi? Quem nos sussurra histórias que ninguém testemunhou, e para quê? É importante que aquela velha senhora seja a babuchka de meu pai? E se ela nunca foi nem sequer a avó preferida dele?

Na verdade, essa história teve, sim, testemunhas. Em 1948, a família de meu pai retornou a Kiev, sete anos após aquela fuga ao estilo de uma viagem à datcha, com paradas em Rostov, Asgabate e vários anos em Barnaul, na região de Altai. O prédio da rua Engels, assim como todo o bairro, havia sido destruído. Dele restara apenas uma moldura, uma carcaça. Na sacada do quinto andar havia uma cama, mas caminho nenhum levava até ela. O interior do edifício tinha desaparecido completamente, assim como as escadas. Numa imagem aérea alemã de novembro de 1941, pode-se ver a cama na qual, ainda no primeiro verão da guerra, aos nove anos de idade, meu pai tomava sol.

Enquanto Talvez Esther caminhava sozinha contra o tempo, toda uma multidão invisível testemunhava nossa história: transeuntes, as funcionárias da padaria três degraus abaixo da rua e os vizinhos por trás das cortinas dessa cidade densamente povoada, uma massa sem rosto, não mencionada em lugar algum, a observar os longos cortejos de fugitivos. Eles são os últimos narradores. Para onde se mudaram?

Meu avô Semion passou longo tempo procurando alguém que tivesse alguma notícia da babuchka. Foi o zelador do prédio já inexistente quem lhe contou tudo. A mim, parece que naquele 29 de setembro de 1941 havia alguém à janela. Talvez.

6. Deduchka

O SILÊNCIO DO AVÔ

Ele sorria seu sorriso meigo, constrangido com a própria sorte, como se estar sentado ali fosse o auge de sua existência. Da poltrona, sorria para os netos em silêncio. Podia-se pensar que não apenas seu caráter, mas também sua vida, o havia presenteado com aquela paz de espírito. Em junho de 1941, partira para a guerra e vira-se cercado nas proximidades de Kiev; depois de quase quatro anos como prisioneiro de guerra, sobreviveu, mas não retornou para sua família. Quarenta e um anos mais tarde fui testemunha de seu retorno.

A louca do bonde tinha razão. Lá fora estávamos nos anos 80, mas, quando o bonde fazia uma curva, ela perguntou primeiramente a seus vizinhos de banco, depois à cobradora gorda e suada e por fim a mim, que tinha então onze anos de idade, qual tinha sido o resultado da guerra e se ela havia de fato terminado.

Perguntara pelo fim da guerra como quem pergunta pela próxima parada, como se da resposta dependesse seu desembarque ou não. A guerra acabou?

Seis meses depois, meu avô retornou. Fazia muito tempo que eu não tinha avô, e de repente ali estava ele. Primeiro eu o visitei em seu jardim, depois ele veio morar conosco: para casa, ele disse, queria ir para casa.

Meu avô, o único ucraniano na família, justo ele fora parar num campo de concentração, em Mauthausen, ou assim me contaram. De volta à União Soviética, mandaram-no para um campo de triagem e ali o interrogaram. Uma mulher o ajudou a escapar de nossos campos. "Nossos campos" me soava quase carinhoso; eu não sabia que tínhamos uma palavra pungente para aquilo, gulag, que ninguém usava à época. Meu avô ficou com a mulher que o salvara, algo lógico, óbvio, me disseram, afinal ela o salvara, e ele ficou com ela, morava em Kiev e não voltou para sua família, para sua Rosa e as duas filhas, então com dez e dezoito anos. Eu tinha doze quando ele voltou, depois de quatro décadas de ausência. Ele passava o tempo todo na poltrona, sorrindo. Um ano mais tarde morreu, em casa.

Nessa versão compacta da história, tudo se encaixava. Ao ritmo fugaz de uma balada, eu ouvira de passagem dois ou três versos de sua vida. Não fiz nenhuma pergunta, não duvidei de nada. Ele havia estado ausente e agora estava ali.

Repeti sua história para mim mesma, naquela época e mais tarde, como se devesse aprendê-la de cor, mas alguma coisa não ficou clara para mim e me inquietava. Era a carreira fulminante no Ministério da Agricultura? O campo de concentração? O retorno? Antes da guerra, como agrônomo e zootécnico graduado, ele tivera uma rápida ascensão, era um trabalhador confiável, de boa aparência e bonito, contou-me minha mãe, e fazia sucesso com as mulheres. Em algum momento da década de 30 foi indicado para um alto posto no Ministério da Agricultura, ia a congressos no Báltico e lá comprava gado de criação para a Ucrânia, além de vestidos e meias de seda para Rosa, sua segunda mulher. Durante os Grandes Expurgos não o puniram pelas viagens ao exterior. Talvez ele só tenha viajado para lá quando o Báltico já não era terra estrangeira, e sim parte de nossa grande e compulsória família, depois do pacto, época em que a guerra já eclodira para os povos bálticos, mas para nós ainda não.

Quando eu conheci meu avô, ele era um homem muito magro e alto, tinha um semblante de traços delicados e olhos azul-claros, mais parecia um distinto ancião alemão, segundo a ideia que eu tinha então de anciãos alemães, que um ex-agrônomo soviético aposentado. Raras vezes dizia *da* ou *khorocho*, e as palavras que lhe saíam da boca soavam tão estranhas e singulares que, para mim, era como se ele falasse com sotaque. Era uma sensação engraçada ganhar um avô aos doze anos de idade, como se ele tivesse nascido depois de mim.

Seu sorriso alimentava seu silêncio. Não contava histórias da guerra, não dizia nada sobre o passado, sobre o que vivera, nada de "bons tempos aqueles". Hoje me parece estranho que não o tenhamos interrogado sobre o que se passara com ele, nós, as crianças dos anos 70, embebidas que estávamos do espírito daquela guerra, uma guerra que, para nós, foi a mais importante introdução à história universal, que demandava educação sentimental, amor e perda, amizade e traição, uma guerra que era uma fonte inesgotável da qual nos servíamos.

Em 9 de maio, o Dia da Vitória, éramos cinco diante da estação do metrô, um grupo de meninas a cumprimentar os veteranos de guerra. Milhares deles passavam por nós, vindos do desfile comemorativo no centro da cidade e a caminho de casa, de seus bairros-dormitórios. Havíamos economizado o dinheiro que nossos pais nos davam para o doce e o sorvete, poupando cada copeque durante meses para comprar centenas de cartões e flores. No 9 de maio, os narcisos custavam apenas três e as tulipas, cinco copeques cada uma.

Ao longo de três semanas, escrevíamos cartões depois da escola, por horas a fio. "Caro veterano, nossos parabéns por esta alegre comemoração!" Quando víamos aqueles senhores, mulheres também, com suas medalhas, corríamos para eles e lhes entregávamos um cartão e uma flor — não em homenagens ritualizadas diante de monumentos, não na escola, quando os veteranos nos visitavam para contar suas histórias, e sim numa estação de metrô ao lado do Hotel Turist. O espantoso daquilo era que o fazíamos de livre e espontânea vontade. Tínhamos feito exatamente o que demandavam os ideólogos na escola, prestado nossa homenagem aos veteranos, mas dribláramos a obrigatoriedade, fizéramos aquilo a despeito da permissão recebida e sentíamos que era algo revolucionário. Ninguém nos incumbira de homenageá-los, ninguém nos dera a ideia, ninguém nos louvava pelo que havíamos feito. Sentíamo-nos aventureiras. Cumprimentávamos do fundo do coração aqueles que tinham salvado nossas vidas, como dizia a fórmula oficial soviética, que, afinal, diante daquela guerra de aniquilação, estava correta. Quem se arrogaria o direito de nos dizer que havíamos seguido a propaganda soviética de guerra? Os veteranos nos perguntavam quem havia nos mandado ali, porque também eles sentiam que estávamos infringindo regras.

Meu avô, contudo, não o encontrei. Ele não estava naquela multidão de heróis solenes, não tinha medalhas, não se juntava à multidão que, no Dia da Vitória, cantava, dançava e se lembrava de sua louca juventude na guerra. E eu não fiz perguntas. Sobre os milhões de prisioneiros de guerra não se falava, não eram nem citados, a expressão só se aplicava aos alemães que, depois da guerra, tiveram de reconstruir Kiev. Nossos prisioneiros de guerra foram excluídos da Grande Guerra Patriótica, apagados da memória. Não admira que meu avô não existisse. Ele vinha de outra história, de outra guerra.

É proibido ser capturado e, caso aconteça, é proibido sobreviver. Essa era uma das aporias soviéticas da guerra, jamais dita. Quem sobrevive é um traidor, melhor morrer que trair. Por isso, quem retorna da prisão é um traidor e deve ser punido. Com a inexorabilidade da velha lógica, incutiam-nos silogismos desse tipo, não havia defesa contra eles, de tão clássicas que soavam aquelas frases cunhadas para a eternidade; quem não está conosco, está contra nós, mas o Estado não explicava que era culpa sua o fato de os soldados não terem munição, de lutarem com técnicas antiquadas e de nossos grandes estrategistas terem permitido o cerco de seu exército de milhões.

Entre o assédio nos arredores de Kiev e o assento na poltrona de nossa casa, abria-se um buraco negro.

HORÁRIO DE ALMOÇO EM MAUTHAUSEN

Faltam nove minutos para o meio-dia quando telefono para Mauthausen, antigo campo de concentração, hoje memorial. O telefone toca por um bom tempo, ninguém atende. Lá do outro lado, a campainha toca e toca. Tenho a sensação de estar ligando para o passado e de que não tem ninguém lá.

Não é todo dia que telefono para um campo de concentração. Para falar a verdade, é a primeira vez. O horário de funcionamento está na internet. Pausa para o almoço das doze às treze horas. Portanto, restam ainda nove minutos de trabalho. Será que me tornei tão alemã assim? Deixo o telefone tocar sem parar do outro lado da linha. Na minha tela de computador, um outro site também está aberto. Quero comprar presentes de Natal.

Ponho-me a imaginar a sala do outro lado. A cada toque do telefone, ela se expande, um escritório comum transforma-se num túnel sem fim. Meu olhar tateia a escada de caracol, as sombras, a contraluz. Hitchcock ou Orson Welles, uma leve tontura, um funil. É assim que imagino o escritório do memorial de Mauthausen.

Quando o funil já está quase me engolindo, o sinal de chamada se interrompe e ouço uma voz feminina distante. Num alemão austríaco muito rápido, ela me comunica alguma coisa e desliga. Precisei de alguns instantes para compreender que não era uma secretária eletrônica.

Eu sou a cliente. A mulher do outro lado é a prestadora de serviços. Ela trabalha e eu sou a beneficiária desse seu trabalho. Sei que, ao final de sua fala, a mulher do outro lado da linha disse algo como: Ninguém atende. Ela não me deu nenhuma chance de perguntar como era possível que ninguém atendesse, se, afinal, estava falando comigo.

Ligo de novo. Passado um bom tempo, lá está a mesma senhora de novo. Ela cospe outra vez sua frase perfeitamente formulada. Depois do "ninguém atende", pergunto rápido: e por que não? Na tela do meu computador, vejo seis pessoas para contato em Mauthausen, mas elas não estão em Mauthausen, e sim em Viena, no Ministério do Interior. Estamos em horário de almoço, a mulher diz. Faltam nove minutos, retruco. Estou mentindo, porque agora já são sete para o meio-dia. As pessoas não saem pontualmente para comer, ela insiste. Então telefono daqui a uma hora? Sim, a senhora pode tentar daqui a uma hora. Não me ocorre perguntar por que ela própria não pode me atender, se já está falando comigo. O que o trabalho faz das pessoas?

O JARDIM

> *Alguns dos peregrinos*
> *Chegam ao portão por escuras estradas.*
> *Da seiva fresca da terra*
> *Dourada floresce a árvore das graças.*
>
> Georg Trakl

Eu chamava meu avô Vassili Ovdienko de deduchka Vassia, mas todas as outras pessoas chamavam-no de ded Vassia; diminutivos carinhosos não combinavam com ele, diziam. Ao ressurgir na família em 1982, depois de sua peregrinação de guerra, ele trouxe consigo seu jardim. Era uma maravilha, uma felicidade, um sopro de normalidade. Todos à nossa volta tinham um jardim, uma pequena datcha, um pedaço de terra de pouco mais de mil metros quadrados e uma babuchka no campo; nós não. Todos que tinham algum dinheirinho ou trabalhavam em fábricas ou em sonoros institutos de pesquisa, funcionários médios, engenheiros, vendedoras, médicos, operários da construção civil, sim, principalmente estes — todos tinham uma datcha. Só nós é que não tínhamos. O motivo era ou a pobreza ou a incapacidade de adquirir alguma coisa, mas eu achava que era a maldição dos livros. Tínhamos milhares de livros, que carregávamos conosco nas mudanças; o fato de que ainda conseguíamos respirar em casa devia-se aos amigos da família que não devolviam os livros que haviam tomado emprestados. Tínhamos sido amaldiçoados por causa daqueles livros, eu pensava, e sonhava com uma babuchka de lenço colorido na cabeça e mãos sujas e calejadas, com um jardim de macieiras e com um pedaço de terra onde cresceriam minhas flores, e só as minhas. Talvez eu sentisse a indolência de meu país agrícola, do qual só fazia parte de verdade quem tinha um pedaço de terra. Para mim, uma rosa num planeta pequeno teria bastado, eu teria cuidado dela, teria renunciado a meu sono por ela, respiraria só por minha rosa, como o Pequeno Príncipe. Mas nós não tínhamos ninguém que morasse no campo por nós, não tínhamos um pedaço de terra e partilhávamos de um único e mesmo planeta com toda a humanidade. Minha mãe lecionava, meu pai escrevia e as flores na sacada não me propiciavam nenhum consolo.

E, de repente, um avô, um agrônomo, um ucraniano. Ele tinha um jardim e, assim, também eu tinha um jardim. Os outros só tinham datchas, o mesmo paraíso das datchas por toda parte, mil metros quadrados, com uma casinha, um canteiro de legumes e coisas práticas, de ervas a tomates, para facilitar a vida. Meu avô tinha um jardim cheio de rosas.

Íamos de bonde até o jardim, o bonde novo e rápido que, numa longa viagem, nos levava diretamente até ele. A novidade só circulava naquela parte da cidade, bem distante do centro, uma atração futurista: os trilhos não tinham emendas nem grades protetoras e o bonde avançava sem precisar brecar nos cruzamentos nem fazer curvas para entrar por ruas menores, num voo impetuoso como o de um pássaro no céu, até a estação final, e eu olhava os prédios pela janela, as fábricas, o famoso Instituto de Engenharia Aeronáutica — os feios progressos de nossa feia civilização. Também ali moravam pessoas. Antes, porém, de o bonde fazer a volta para, tão absorto quanto antes, voar na direção contrária pelo caminho inescapável de seus bem assentados trilhos, ele parava por um instante e nós descíamos. Nós quem? Não me lembro de jamais ter tido companhia. Éramos apenas eu e meu avô, que me aguardava em seu jardim.

E assim eu ia até ele, atravessando o grande conjunto de datchas com todas aquelas pessoas que davam a suas velharias a oportunidade de uma segunda vida, calças surradas, saias de verão cujos fechos viviam abrindo, sapatos gastos; muitas vezes as mulheres vestiam roupa íntima de linho, não tinha importância sermos vistas, porque estávamos em nossa propriedade privada. Muitas daquelas pessoas estavam ali desde tempos imemoriais, encostadas à cerca, descascando sementes de girassol e, como os girassóis, voltando-se na direção do sol, e, quando ele se punha, eram como solanáceas, como os tomates malvados do livro de histórias infantis. Era uma comunidade descontraída, vegetativa, uma gente que não tinha vergonha, e eu sentia certo medo daquelas pessoas. Não conhecia suas leis, queria ser uma delas, para poder também me voltar na direção do sol. Sem piscar, nos observavam, tínhamos uma aparência demasiado urbana, antidatcha, estranha. Sabiam alguma coisa da vida que desconhecíamos. Nunca conseguiríamos nos adaptar, deitar raízes, nem sequer podíamos nos mover mais devagar, lançávamo-nos adiante feito pássaros. No fim daquele conjunto de datchas, no relvado à borda do campo, junto da floresta, ficava o jardim do meu avô.

Ali floresciam dezenas de tipos de rosas, amarelas, brancas, vermelhas, cor-de-rosa, quase pretas, rosas pequenas de um laranja avermelhado, rosas roxas, castanhas. Nem mesmo nos mais belos canteiros em homenagem às conquistas soviéticas vi rosas como aquelas. Nossos jardins botânicos estavam repletos de rosas do mundo todo, dotadas de plaquinhas que exibiam os nomes mais engraçados: elas falavam de terras longínquas, mundos perdidos e de nossos anseios insonhados, que, também eles, iam amadurecendo. No grande jardim de nosso país, buscou-se durante décadas enxertar o máximo possível, sobretudo diferentes tipos de maçã, ao mesmo tempo que, diligentemente, se trabalhava na redução dos tipos de seres humanos.

Meu avô tinha macieiras do tipo *Glória aos vencedores*, um verdadeiro e suculento gozo da vitória sobre os fascistas. Mas ele próprio não era um vitorioso. Em compensação, crescia no meio de seu jardim uma pequena macieira a que se dava o nome de paradisíaca e que parecia uma nobre anã entre gigantes.

Eu já tinha um Paraíso, meu jardim do Éden no centro da cidade grande. No final da rua em que nasci e onde minha avó morara antes da guerra, erguia-se um palácio, o antigo instituto para as filhas de famílias nobres que, depois, passou a se chamar Palácio de Outubro; em sua ala esquerda, dancei durante muitos anos, e, na direita, passei anos cantando. Lá, defronte do palácio, cresciam rosas-chá de todas as cores, centenas delas. O que pertence a todo mundo, sabíamos, não é de ninguém, e portanto passei a cuidar delas. Apossei-me também da colina sobre a qual situava-se o palácio, tomando-a daquele grande Ninguém para uso próprio. Passei anos da minha infância sentada naquela bela colina de Kiev, acima da principal rua da cidade e diretamente sobre a praça Maidan. Terças, quintas e sábados, balé. Quartas, sextas e domingos, coro. Numa clareira no alto da colina, entre castanheiros antiquíssimos e perfumados arbustos, havia uma pequena macieira daquele mesmo tipo. Maçãs frescas, minúsculas e amargas, que comíamos de uma só mordida, com caroço e tudo. Na primavera, a encosta da colina enchia-se de violetas selvagens. No centro da cidade, a natureza triunfava; ela triunfava, e eu passava minhas melhores horas de tédio no topo da colina; só mais tarde, bem mais tarde, ouvi uma canção que começava exatamente assim: "Sentado numa bela colina".

Ao ouvir a canção pela primeira vez, fiquei sabendo que, nos anos 30, meu belo palácio havia sido a central de tortura da NKVD; milhares de pessoas haviam sido fuziladas ali. Minha bela colina afastou-se de mim, encharcada de um vermelho carmesim, adubada com suas amargas e minúsculas maçãs, que agora me pareciam feitas de nada mais que sangue. Os fuzilamentos ocorriam do outro lado, explicou-me há pouco tempo um historiador, como se isso pudesse manter puras e imaculadas as minhas maçãs e me livrar do pecado original. Sempre que penso naquelas maçãzinhas, sinto um travo na boca, como se também as do jardim de meu avô estivessem contaminadas de sangue alheio. Nos anos 30 ele já atuava na agricultura e na pecuária, quando, em consequência da coletivização, adveio a grande fome que, de passagem, daria fim aos camponeses. Diligente e especializado como era, ele chegou à direção interina do setor de pecuária da região de Kiev, e bem no momento em que o bem-aventurado país de terras férteis começava a morrer — ele, que tanto amava os animais e a terra, terá tido sua parcela de culpa?

Na borda do campo, no jardim de meu avô, cresciam framboesas brancas gigantescas, que nunca vi em nenhuma outra parte. Havia rosas vermelhas, rosas brancas e nenhuma guerra. *Rosas-chá chinesas*, *Estrelas de Outubro*, *O grande amor* e muitas outras, cujos nomes eu não conhecia, entre elas *Gloria Dei* — eu achava que "Dei" era o sobrenome de uma bela dama —, *Gamburg* — onde fica Gamburg? — e, claro, *Dolce vita*. No meio daquele roseiral ficavam meu avô e sua cabaninha. Hoje, quando me lembro disso e tento entrar no reino daquele jardim perfumado e rumorejante, não consigo, vejo apenas sua moldura, as rosas, os arbustos, as framboesas e a paradisíaca macieira. Tento enfiar a cabeça nesse quadro, como Alice no País das Maravilhas querendo entrar no jardim. Só naquele jardim, que se funde a todas as fábulas do mundo, com seus caminhos misteriosos e suas pegadas de animais desconhecidos. *O nome da rosa, Gloria Dei, a rose is a rose, Dolce vita.*

No meio do paraíso na borda do campo, meu avô, silente, sorridente e feliz, cultiva seu jardim.

CARTAS DE SEXTA-FEIRA

Lá da margem, ouvi uma voz: "Venha, venha, russo", e vi um soldado alemão que segurava uma arma apontada para mim. Pedi a ele: "Por favor, não me mate. Minha mãe só tem a mim"; falei em russo, ele não me entendia, teve pena simplesmente, ou, seja como for, não atirou e me ajudou a sair da água rumo à margem; depois esperou até que eu me recuperasse um pouco e me conduziu para junto dos outros prisioneiros. Assim começou minha vida nos campos de concentração nazistas.

Toda sexta-feira recebo uma mensagem de correio eletrônico de um prisioneiro de guerra soviético em tradução alemã, um e-mail de uma das muitas listas que inundam minha caixa postal. As cartas foram escritas e coletadas nos últimos anos, em geral traduzidas de graça por voluntários, e são enviadas por meio de uma lista, numeradas como os prisioneiros. Foram mais de cinco milhões de prisioneiros de guerra soviéticos, dois terços dos quais morreram.

Toda manhã a gente acordava rodeado de cadáveres, à direita e à esquerda. Quem ainda estava vivo se levantava e ia trabalhar; os mortos eram jogados numa fossa.

Então apareceu um camponês de bom coração e me acolheu. Nos primeiros dias ele me destinou trabalho leve e, bem cuidado, recuperei minhas forças. O camponês chamava-se Heinrich S.

Durante toda a viagem de seis dias, só uma vez receberam um balde de água para o vagão inteiro [...]. Quando chegaram, metade dos prisioneiros já havia morrido [...]. Atiçaram os cães [...]. Uma sentinela foi ajudar um prisioneiro [...] postado à beira da vala escavada [...]. Os médicos que estavam ali disseram: "Morra logo de uma vez". Eu odiava o regime totalitário daquele georgiano cheio de marcas de varíola, mas não achei muito tentador lutar contra minha própria gente [...] cinquenta gramas de pão com serragem [...] em algum momento chegamos a Wriezen [...]. "Toni, a Alemanha é um país musical. Me diga, por favor, quem é Leo Blech?"

As cartas eletrônicas são enviadas entre cinco e oito da manhã, uma a cada sexta-feira. Desde que comprei um iPhone, eu as leio de manhã, ainda na cama. Notificações de usuários notívagos do Facebook se encontram com o cumprimento matinal de prisioneiros de guerra. Quem mais lê essas cartas toda sexta-feira às sete da manhã, ainda na cama? Quem compartilha comigo desse ritual das sextas-feiras?

Dezenas, centenas de cidades são citadas, Königsberg, Nuremberg, Küstrin, Bielefeld, Hannover, Munique, Bochum, Graz, Estrasburgo. Toda sexta, fico na esperança de receber uma carta que mencione os lugares pelos quais passou meu avô: em setembro de 1941, cerco de Kiev; um ano e meio no campo de trânsito para prisioneiros Vladimir-Volinski; a partir do verão de 1943, Stalag XVIII em St. Johann im Pongau; a partir de 8 de março de 1945, Mauthausen, e, a partir de 25 de março, Gunskirchen. St. Johann é citada em duas cartas; em uma, Vladimir-Volinski, no oeste da Ucrânia. No primeiro inverno ali, morreram quase todos os prisioneiros, mas meu avô não.

PÉROLAS

> *ché la diritta via era smarrita*
> Dante

Na ficha de registro de meu avô Vassili Ovdienko em Mauthausen, número 137 616, lê-se "civil russo", e não "oficial soviético"; a ficha menciona como esposa Natalia Hutorna, e não Rosalia Krzewina, e, em vez de comunista, informa: "russo ortodoxo". Só o endereço está correto: Institutskaia, 44. Meu avô queria sobreviver e foi coerente. À procura do Stalag de então para prisioneiros de guerra, nas cercanias de Salzburgo, e do cemitério russo, travei batalha desigual com a internet e suas ofertas para as férias. Os lugares que eu procurava existiam, é verdade, mas neles se encontravam também trilhas para caminhadas, piscinas e chalés para toda a família. Há um itinerário para casais e outros para famílias, e, se existem chalés para alugar durante as férias, é necessário que haja também famílias para preenchê-los, sobretudo na Áustria. St. Johann im Pongau, a cinquenta minutos de trem de Salzburgo. Um chalé, outro chalé, brincadeiras na piscina.

Viajei sozinha, disposta a ignorar a paisagem que se descortinava à minha frente. Não me permitiria ver nada que meu avô não pudesse ter visto outrora.

Do Stalag, a Stapo de Salzburgo o transferiu para Mauthausen em março de 1945; depois, ele, um ucraniano chamado Ovdienko, foi para Gunskirchen, juntamente com um Bourdier, um Kurtág, um Zibulski, um Brioni, um Holländer e um Borchuladze: um francês, um húngaro, um polonês, um italiano, um alemão e um georgiano — uma Internacional exemplar, que, em 25 de março de 1945, deixou o superlotado campo de Mauthausen e marchou rumo a Gunskirchen, cinquenta e cinco quilômetros a pé. Uma Internacional irritante, como se os sonhos de confraternização e união tivessem atingido seu apogeu no campo de concentração, como se somente este os houvesse possibilitado. Naquele momento, em que Auschwitz já havia sido libertado, o pequeno campo de Gunskirchen ainda se ocupava de sua própria construção. No final de abril, judeus húngaros seguiram o mesmo caminho de Mauthausen até lá, o caminho que meu avô havia percorrido pouco antes, a marcha da morte dos judeus húngaros, duas semanas antes do final da guerra.

Atravesso o país como um viandante, sonho como os vagabundos; sonâmbula, carrego um alforje, alegre, pairando no ar, livre para o futuro, mas com uma leve sensação de que estou sendo punida por alguma coisa, talvez por essa minha leveza, como se meu alegre caminhar nada mais fosse que consequência do que ali se passou outrora, muitos anos antes. Vou caminhando a passos lentos, meço meus passos como quem escreve poemas, seguindo um ritmo interior, porque todos os poemas russos sobre o caminhar são escritos em pentâmetros trocaicos: Вы-хо-жу-о-дин-я-на-до-ро-гу, sozinho sigo o meu caminho.

Nesse meu sonho era tão ingênua que, na alternância de montanhas e vales ao ritmo da respiração, não via estradas asfaltadas; na Áustria sonhada, eu avançava pelo acostamento empoeirado e cheio de mato, carros me ultrapassavam, carros inclusive novinhos em folha, saídos diretamente das propagandas de TV para o meu sonho, todos eles lotados de gente que ia de um lugar a outro e sabia muito bem por que e para quê; passavam por mim, as nuvens de poeira que levantavam me envolviam, e chegavam a sua meta bem mais rápido que eu, porque conheciam essa meta, ou, melhor dizendo, porque tomavam seu ponto de chegada por sua meta, e essa meta por solução. Eu me entregava a meu caminho como à correnteza de um rio, atravessava amplos vales que se espreguiçavam feito mulheres sonolentas, exibindo sempre novos recantos da paisagem. O verde, o sol, o céu azul me engoliam. Os campos de colza eram tão amarelos que eu só podia piscar de felicidade. Nesse sonho viandante me esqueci até de que era uma mulher, caminhava como um rapazinho com sua trouxa, completamente esquecida de mim, via só os caminhos.

Ao acordar, pus-me a estudar mapas. A Áustria se parece com um falo já um tanto idoso e levemente excitado. Procurei Mauthausen, depois, os campos-satélites e, por fim, o Stalag XVIII C (317). Em russo, os séculos são escritos em algarismos romanos. Quando vejo Stalag XVIII, penso no século XVIII, no Esclarecimento, no Hermitage de São Petersburgo, em Catarina, a Grande. O mapa na internet registra todos os campos em solo austríaco, os campos de prisioneiros de guerra, os de trabalho e os campos de concentração. O país está repleto de pontinhos, como o céu em noite clara. Centenas de pontinhos, miríades, com nomes e funções. Traduzindo-se o mapa para a escala da realidade, talvez se possa compreender como é que as pessoas não sabiam de nada do que ocorria na cidade vizinha, porque milhares de anos-luz separam as estrelas; mas na escala da minha pesquisa, eram muitos os pontos, pontos demais para um país tão bonito.

Então sonhei com tapetes verdes de veludo que pareciam relvados alpinos e pertenciam a diferentes impérios e casas reais, adornados com pérolas e preciosas granadas sobre o veludo verde, fresco e macio. Bordava no veludo pequenas pedras preciosas, em dourado, verde, vermelho-escuro e branco. Os desenhos eram predefinidos, ornamentos enigmáticos, constelações jamais vistas, um bordado que resultava de muito trabalho ou magia. Quando acordei, ainda em meu sonho, estava tudo pronto, como na fábula da sábia Vassilissa, que cozinhava, costurava e tecia enquanto os outros dormiam, porque, como diz o provérbio russo, a manhã é mais sábia que a noite. Espantei-me com meu trabalho, minha magia.

De manhã, desvanecido também esse sonho e tendo o veludo verde voltado a assumir a forma do mapa da Áustria, as pérolas se transformaram outra vez nos campos-satélites de Mauthausen.

No avião li Thomas Bernhard, porque também nessa viagem eu precisava alcançar certo estágio de conhecimento, a fim de poder pisar naquele solo; do contrário, não me deixariam entrar. Não preciso me exercitar no medo, ouço os gritos na Heldenplatz e vejo a multidão em júbilo, como se eu própria estivesse na beira da praça. Os gritos de outrora encobrem o barulho do motor do avião, e o passado pesa sobre mim como um sonho sufocante. Se não acordar imediatamente, morro asfixiada.

COM MEU AVÔ

Os homens estão sentados em catres. Estou de pé na soleira da porta. Não são muitos, haveriam de ser muitos mais. Deveria estar superlotado. A barraca é infinitamente comprida, não sei nem se termina em algum lugar, vejo apenas as primeiras fileiras de catres. Meu avô deveria estar ali, bem ali. Sempre pensamos que a pessoa que procuramos há de estar sentada na primeira fileira. Basta chegar e já se é de pronto reconhecida e saudada. Muito bem-vinda a Mauthausen! Entre, por favor!

Não entro. Permaneço na soleira da porta. Os homens olham para mim. Só têm olhos. Contemplam-me como se eu fosse o Messias. Estou parada bem no ponto por onde ele há de entrar, na soleira. Eles aguardam o Messias. Que esperem, é meu desejo. Gostaria de presenteá-los com o ar.

Retiro fitas coloridas dos bolsos da calça. Mais e mais. Cores alegres sobre o preto e branco desbotado. Como um palhaço. Sou capaz de tudo. Eles esperam. Não sei o que fazer. Sem cessar, sigo tirando fitas coloridas dos bolsos, quero esparramar alegria. Como devo me comportar aqui? Aqui, no campo de concentração.

Não queria entrar nas barracas, cheirar aquele ar, ver aqueles corpos. Agora, entramos sem bater na porta, como se fosse um passeio. Só porque não há portas? Eu gostaria de proteger aqueles homens de nossos olhares, costurar cortinas para eles. Véus.

Meu avô era agrônomo, zootécnico. O que achava daquelas barracas? Tentei identificá-lo naquelas fileiras de olhos. Tentei decifrar rostos. Aqui só se pode contar. Mas não sei contar muito bem. Não sei direito o que haveria a adicionar ou complementar para obter um rosto normal, para reconhecer um ser humano.

Todos têm aqueles olhos.

Deveria haver sujeira por toda parte. Foi o que eu li. A morte devia feder. Mas não sinto cheiro nenhum. Não ouço nada. Vejo apenas. São fantasmas. É verdade, nem todos são boas pessoas. É preciso diferenciar. Mas para quê, se já estão todos aqui?

Procuro meu avô. Vim buscá-lo. Sei que ele pesa agora quarenta e nove quilos. Mas aqui isso não chama atenção. Ninguém pesa mais que isso. Vocês acham essa imagem inconcebível? Não se preocupem. Ela é apropriada. Aprendi essa palavra faz pouco tempo. "O conceito conformador de nosso centro de informações homenageia a catástrofe de maneira apropriada."

Insuportável é o que se poderia dizer. É insuportável. Mas não há palavra para o insuportável. Afinal, se a palavra é capaz de suportá-lo, então ele é suportável.

Permanecemos na soleira da porta. Aqui tudo é apropriado, as barracas, o peso, os olhos. Alguém há de ter planejado tudo isso em detalhes, alguém com um senso apurado de proporção. Um agrônomo? Um arquiteto? Um óptico?

E o que estou fazendo aqui, afinal? O que me traz aqui? Tiraram tudo destas pessoas, é o que todos dizem, e eu também o digo. Estou de pé na soleira da porta, pela qual passa também o carrasco.

Meu avô está sentado dentro desta barraca. Isso me confere direitos especiais? É um convite? Uma desculpa? Uma missão? Não serei catapultada ao passado. O que acontece, acontece agora. Quando, onde e com quem, é irrelevante.

Quem sou eu aqui? Tenho o direito de olhar lá para dentro?

Meu marido diz: como neta, você tem esse direito
Meu pai diz: é uma tarefa difícil
Meu irmão diz: pesquisar, pesquisar e pesquisar
Minha mãe diz: você tem minhoca na cabeça, mas um bom coração
Minha amiga diz: também guerra e paz é escrito em duas línguas, a língua da guerra e a língua da paz
Meu anjo diz: há uma continuação, e toca sua trombeta
Meu avô, calado, sorri
De Deus, nem sinal. Nem um pio
E permaneço onde estou, na soleira da porta. Não encontro meu avô na barraca. Minha esperança havia sido a de que ele me acenasse e sussurrasse: Aqui, aqui, estou aqui!

VIA LÁCTEA

Queria ler sobre igrejas e museus, mas a primeira coisa que encontrei na internet foi o livro À *sombra dos bombons Mozart*, sobre lugares em Salzburgo associados ao passado nacional-socialista. A máquina de busca conhece minhas preferências — em primeiro lugar, catástrofes. Só na região de Salzburgo havia trinta e três mil nazistas registrados, cifra idêntica ao número de judeus assassinados no primeiro massacre em minha cidade natal. Não é apenas a natureza: também a história adora a simetria.

Meu avô esteve em Salzburgo talvez por um dia. Por que foi o único a ser enviado para Mauthausen? Tinha trabalhado para algum agricultor e tentado fugir? De acordo com os historiadores, ele haveria de ter sido transferido para Dachau. Por que não se admiram de ele não ter sido morto de imediato? Por toda parte ou se matava ou se deixava morrer. Que necessidade havia de se ocuparem de um único indivíduo?

Em meio a essas perguntas, meu celular morreu, como se tivessem cortado meu cordão umbilical com o universo. Senti aquilo como uma ofensa pessoal. O cosmo parecia não mais apoiar minha empreitada, e duvidei da existência de trens com destino a St. Johann, se nem meu celular funcionava mais.

Na loja da maior operadora austríaca de telefonia celular, uma senhora me explicou que eu não era cliente da empresa, e quando eu disse que precisava fazer uma ligação urgente e perguntei se ela podia me ajudar, porque não havia telefones públicos na cidade, ela respondeu que não, e tinha razão, eu não era cliente; ao contrário de mim, os clientes dela não se alvoroçariam à menor injustiça, e não é não; continuei solicitando ajuda ou algum tipo de solução, como se meu telefonema fosse mesmo questão de vida ou morte, como se eu fosse ter um filho ou um infarto ali mesmo; imaginei vividamente a cena, eu ali, morrendo, e ela dizendo não, só para clientes, e quem se alvoroçava daquele jeito, como se prestes a cometer um assassinato só porque não recebia a ajuda solicitada, não podia mesmo ser cliente da tal operadora; afinal, fosse eu sua cliente, decerto receberia ajuda, a culpa não era dela por eu ter de sair dali sem nada, a culpa era minha, por não ser sua cliente, não pertencer àquele paraíso amplamente iluminado de sua filial, localizada entre as casas de Mozart e de Trakl; eu não tinha conexão nenhuma com os gênios, não tinha nem sinal de rede.

Apesar disso, os trens ainda existiam. Peguei o trem para St. Johann im Pongau e atravessei a paisagem calma, a funcionária que veio verificar as passagens brincou em inglês com um homem de negócios do Kuwait, minhas saudações, Áustria; o rio seguia nosso movimento acelerado como se fosse meu aliado secreto, junto das pontes erguiam-se galões de leite com a inscrição www.milch.com, leite que fluía na internet em brancas torrentes, ao passo que eu seguia sem conexão, sem acesso ao peito do universo, sem proteção; nem leite eu bebo, mas seguia a via láctea, a via láctea de um agrônomo e zootécnico.

Talvez a natureza já tenha incorporado há muito tempo à sua circulação sanguínea todo tipo de violência, os passos pesados dos exércitos em marcha, as ricas aldeias a morrer de fome, os buracos abertos pelas granadas, as sepulturas e os insepultos, e ali, onde buscamos repouso, a metamorfose já se deu há tempos, nos tornamos parte dela toda vez que respiramos, a cada mordida na maçã, somos parte do envenenamento e do pecado que não cometemos, nem mesmo o desconhecimento das leis da natureza pode nos libertar desse pecado. Se Caim matou Abel, e se Abel não teve filhos, quem somos afinal?

O CEMITÉRIO DOS RUSSOS

> *Diversa a mortalidade*
> *à direita e à esquerda dos trilhos*
> Erich Fried

A via de acesso existe há dois ou três anos apenas, conquista de uma professora de história de St. Johann im Pongau, assim como a placa na estrada federal indicando o cemitério dos russos, a cerca de uma hora de Salzburgo. Desce-se pelo acesso na expectativa de encontrar alguma coisa ligada à ortodoxia russa, alguma opulência de cruzes e ouro, mas tudo que se vê são obeliscos com uma estrela vermelha na ponta. À esquerda, cinco túmulos de oficiais; no meio, um grande monumento em memória de três mil sem nome; depois, um monumento em homenagem a trinta e um mortos, além de dois outros, dedicados aos sérvios, listados por nome. Obra dos libertadores, surgida pouco depois da guerra, ninguém sabe ao certo quando nem com base em que projeto.

Ao Stalag XVIII foram enviados primeiramente franceses, depois, sérvios. A partir de 1941 chegaram os prisioneiros de guerra soviéticos, dois terços dos quais morreram durante a viagem. Os franceses podiam trabalhar e comer no Campo Sul, celebravam seu serviço religioso e tinham sua própria quadra de esportes, além de um jornal, *Le Stalag XVIII C vous parle*; eles faziam teatro, podiam ver filmes e recebiam correspondência e pacotes de gêneros alimentícios da Cruz Vermelha. Em sua data nacional máxima, a Marselhesa ecoava para além de St. Johann, que à época se chamava Markt Pongau. Já os presos soviéticos do Campo Norte, aliados dos franceses, comiam grama. Morriam de subnutrição e doenças, eram tratados pior que gado; animais de criação eram um produto da civilização, bolcheviques não. Meu avô teve a sorte de não ser judeu, soldados e oficiais judeus já haviam sido fuzilados no campo Vladimir-Volinski, e agora ele sobrevivia também ao Campo Norte do Stalag XVIII.

O cemitério situa-se entre uma estrada federal e o rio Salzach, num vale estreito, protegido como se na palma da mão. Também eu me sinto protegida no frescor daquele verde, à sombra das árvores entre os monumentos. Os nomes russos que faltam nos obeliscos estão num fichário. Alunos do ginásio local pesquisaram durante anos, juntamente com sua professora, para "devolver seus nomes" aos mortos, sem qualquer incentivo ou solicitação oficial. Tomaram essa herança para si de livre e espontânea vontade, por se tratar de sua terra natal.

O livro de visitas encontra-se numa casinha, juntamente com a lista dos nomes dos sepultados.

Há muitos anos, toda vez que passo por aqui, saúdo aqueles que aqui jazem. Agora, pela primeira vez me detenho, e a grandeza interior e serenidade deste lugar são indescritíveis. Obrigado àqueles que cuidam deste memorial! Se eu pudesse fazer alguma coisa, construiria uma fonte da qual jorraria água fresca, clara, vital, a fim de assinalar que não cabe às Sextas-Feiras da Paixão a última palavra sobre nossas vidas.

Ao lado do livro de visitas veem-se folhetos da Cruz Negra austríaca, a entidade de assistência aos cemitérios dos tombados na guerra que, em seu site na internet, preconiza a "reconciliação além dos túmulos".

Também eu fui prisioneiro de guerra, de início em Borodino e, depois, em Moscou, e presto aqui minha homenagem aos soldados soviéticos e a tantos de meus camaradas mortos na prisão.
Não é coincidência o fato de eu ter vindo aqui numa Sexta- -Feira Santa
O acaso nos trouxe aqui, a mim e a meu cachorro
мой отец был здесь
estamos aqui graças à internet
Por que Cemitério dos russos, se também há sérvios enterrados aqui?
my father was here
počivajte v miru
I visited here as my grandpa…
in grosser Dankbarkeit und Trauer
à la mémoire du mon grand-père

O livro está ali há três anos. Os filhos e os netos dos prisioneiros de guerra seguem visitando o local — ou agora o fazem, enfim. Adi, um Adolf nascido durante a guerra, é quem cuida do cemitério; criou ali um lugar idílico, como se, por intermédio daqueles túmulos, quisesse se reconciliar com seu nome.

Again we returned to this hallowed site and we are glad to see the entries of so many visitors. We escaped Hitler's Holocaust in 1939 but lost all our relatives in Poland. We hope for peace

Pensamos aqui nos pobres prisioneiros de guerra soviéticos, mas também em meu primeiro marido, dado como desaparecido em Stalingrado

O texto é de 24 de julho de 2010. Sessenta e sete anos depois da batalha de Stalingrado, essa mulher ainda escreve "dado como desaparecido", como se tivesse acabado de receber a notícia.

HANS

Meu avô nasceu em Rovno, palavra que designa uma superfície suave e plana. Trabalhou no campo em Rovno, em Kiev e no oeste da Ucrânia. Embora tenha ocupado um alto posto antes da guerra, não se encontraram documentos a esse respeito, ninguém sabia detalhes de sua atuação. Só tive acesso a seu período como prisioneiro de guerra, que se deixava comprovar e descortinava-se à minha frente nas viagens e nos passeios em torno do Stalag; meu sonho era excursionar pelos campos, ele tinha sido agrônomo, onde poderia encontrá-lo senão no campo?

Viajamos rumo a Flachau — nós: a professora de história que lutara pelo cemitério, Michael, o historiador cujos pais tinham vivido como arrendatários nas terras do conde Plaz e que sabia tudo sobre a história da região, o escritor O. P. Zier e eu. Eu nunca tinha de fato excursionado daquela maneira, minha língua materna nem sequer possui uma palavra apropriada para *wandern*, em russo só se pode peregrinar ou passear. No ponto onde começou nossa excursão, diversas mulheres e numerosas crianças encontravam-se sentadas na terra, todas vestidas de preto, a apenas vinte metros do estacionamento. Algo incertos, sorrimos. Sauditas, explicou Michael, versado no assunto. E o que fazem ali, na estrada?, perguntei. Estão se refrescando, respondeu, sem ironia; sentam-se sempre naquele ponto, onde o caminho começa, e por ali ficam. Vêm de avião de suas cidades tórridas, pegam o trem e, depois, o carro, e chegam então ao lugar que, para nós, é ponto de partida.

No ano passado, contou Michael, vieram judeus ortodoxos de Israel, também eles com dezenas de crianças e todos vestidos de preto, como os sauditas, no auge do verão, em desacordo com a estação do ano. Quando começou a chover, correram todos para a rua, a população local ficou dentro de casa, mas os estrangeiros saíram para festejar a chuva, sauditas e judeus.

Caminhávamos paralelamente a um riacho mais barulhento do que seu aspecto faria supor, íamos visitar Hans, um camponês que morava nas montanhas, sozinho, sem a esposa, explicou Michael: para o camponês, o ar lá embaixo era denso demais; para a esposa, o ar da montanha era demasiado rarefeito, Hans lhe dissera.

Ao nos aproximarmos da casa, veio em nossa direção um gigante cuja estatura ensombrecia as montanhas. Era Hans, com os olhos faiscantes de um aventureiro, cabeludo feito um salteador, viril, demasiadamente viril, um daqueles tipos que deveria partir dali e se lançar no mundo para matar e salvar, mas estava preso à terra. Hans usava botas pesadas com cadarços vermelhos e um boné soviético com foice e martelo dentro da estrela vermelha. Atenção: neta de prisioneiro de guerra russo por perto! — as montanhas o haviam advertido, e de fato ele, preparado para minha chegada, logo começou a contar histórias, como se o tivéssemos contratado para uma visita guiada. Esta cruz aqui foi talhada por um prisioneiro de guerra russo ainda na Primeira Guerra Mundial, contou, apontando para uma frágil cruz ortodoxa de madeira ao lado da porta. O russo morou aqui e se apaixonou por uma moça do vale, fizeram um filho, disse Hans, contemplando-nos brevemente, como se ele próprio se divertisse com a simplicidade do ocorrido, assim como com as leis invioláveis da natureza; depois, o prisioneiro foi embora para sua terra, o filho cresceu sem pai e, na guerra seguinte, esse filho se bandeou de mala e cuia para os nazistas — Hans tornou a olhar para nós com uma expressão vitoriosa, como se sentisse orgulho daquilo, mas era orgulho da história que contava — e acabou virando carcereiro em Dachau ou Mauthausen. Lá, alguma coisa aconteceu, ninguém sabe o que foi, prosseguiu Hans; o que todos na aldeia sabem é que foi por esse motivo desconhecido que o filho do russo decidiu ir para o front, de livre e espontânea vontade. Tombou onde o pai tinha nascido, perto de Smolensk.

Estávamos todos em silêncio, embora céticos quanto àquela história da carochinha tão bem-acabada que Hans nos contara, céticos em relação não apenas ao próprio Hans, postado diante de nós qual um fenômeno da natureza, mas também a sua cruz genuína e àquele seu teatro — tínhamos nos tornado céticos e silentes, como sempre acontece quando nos comovemos.

No estábulo, um corço pequenino brincava com um pintinho, o cachorro corria pela propriedade atrás de um coelho e, depois, apareceram gansos também. Estávamos sentados a uma mesa comprida e Hans cozinhava, tendo empregado todos os ovos da casa em seu *Kaiserschmarrn*, envidara todos os esforços para preparar o melhor *Kaiserschmarrn* do Império. Depois compôs versos para mim, adivinhou minha profissão, fez-me elogios: Ela percebe tudo. Raras vezes encontro homens mais impetuosos que eu. Conversávamos sobre a guerra e ríamos o tempo todo, talvez apenas em razão dos animais divertidos e do ar refrescante. Circundavam-nos as montanhas, a avermelhada pradaria alpina imersa em névoa, Michael apanhara rododendros para mim, para a neta do prisioneiro de guerra, embora isso seja proibido, e pensei comigo que éramos todos — inclusive os sauditas, lá no princípio do caminho, e os judeus ortodoxos, que nesse ano não tinham vindo —, éramos todos parte de uma grande epopeia, ou de uma porção dela iluminada ao acaso, um pequeno trecho de uma epopeia.

Está na hora de ir buscar as vacas, disse Hans, embarcando em seu jipe. Subimos em direção à neve. De minha experiência ucraniana não constava que fosse possível ir recolher as vacas num jipe, porque, na minha terra, entre um jipe e as vacas estendem-se vastos mundos, em geral pantanosos e intransitáveis.

Ao voltarmos, quando eu já pensava na ordenha das vacas e no fato de que, se ordenhasse suas vacas, ficaria ali para sempre, porque o leite apaga a memória, ouvi Hans anunciar que tinha um quartinho aconchegante para mim: Não vou incomodar você, ele disse; e, embora todos silenciassem, senti que estavam a favor da proposta e que, em silêncio, procuravam me convencer a aceitá-la, porque meu avô, o agrônomo, ficara preso ali durante dois anos e agora me presenteava com a beleza daquele mundo, com todas as liberdades; atuavam ali as leis da natureza, por vezes tão óbvias que seus efeitos são percebidos não apenas por duas pessoas, mas também pelos demais presentes, mesmo aqueles que não possuem nenhuma relação com a natureza, e se me permitissem dar continuidade à história, se eu ficasse ali, como outrora o prisioneiro, eu me apresentaria de livre e espontânea vontade e aprenderia a ordenhar, pensei comigo, em total desacordo com a realidade.

Quando Hans, aos ouvidos de todos, me ofereceu um quarto para passar a noite, eu lhe disse que, no dia seguinte, ele precisaria me levar de jipe para Mauthausen, e minha voz interior interveio: pare.

Três vezes perguntei como se chamava o cachorro que perseguia o coelho e os gansos pela propriedade e, depois, pôs-se a brincar com um dos gansos; ele nos trouxera uma alegria e uma comicidade que nos fizeram esquecer todas as preocupações. Mas esqueci o nome dele, do cachorro que Hans, dois anos mais tarde, atropelou, mergulhando então num profundo e inacessível pesar.

Naquele momento, porém, eu pensava no cachorro que Tristão deu a Isolda, de tão alegre que era o cachorro de Hans; Tristão deu o animal a Isolda — anos haviam se passado desde seu encontro e, no entanto, tinham a metade da idade que tínhamos agora —, Tristão deu a ela, pois, um cachorro adornado de sininhos, a fim de alegrá-la, de ajudá-la a esquecê-lo. Ou foi o contrário: para que ela se lembrasse dele, mas com alegria? Esqueci o nome desse cachorro também, quase esqueci a tristeza que se apossou de mim ao deixarmos Hans, o salteador, porque eu precisava ir a Mauthausen, sabe Deus por quê, e uma viagem de jipe não combinava com minha epopeia.

Partimos, e Hans acenou para nós.

VIAGEM A MAUTHAUSEN

A mim, parece que as pessoas no trem — uma estranha mistura de tipos esportivos, de calção e sapatos para caminhar, com japoneses adormecidos e homens de terno recém-passado a caminho do trabalho em Salzburgo ou mesmo Viena —, a mim parece que todas sabem aonde estou indo e que não sou parte delas. Viajo sozinha. Não pertenço às classes de escolares que precisam fazê-lo nem àqueles que contemplam sua viagem como instrutiva, como um caminho seguro rumo a mais consciência histórica ou como uma espécie de imperativo moral. Estou sozinha em minha viagem, mas gostaria que meus companheiros pudessem saber, ou pelo menos adivinhar ou pressentir, para onde estou indo. Como se fosse tão importante e incomum viajar para Mauthausen. Afinal, muitos ainda moram ali, naquela cidade barroca moderna, mas eu quero que eles saibam, como se somente esse seu conhecimento pudesse conferir sentido a minha viagem, como se só então me fosse lícito declarar minha empreitada pessoal uma peregrinação. E embora eu viaje sozinha para lá, faço-o em nome de todos que viajam comigo, sem lhes consultar. Sim, transmitirei suas saudações, farei isso, sim, meus caros, vocês não precisam fazê-lo pessoalmente, sigam adiante, só não se esqueçam de mim em suas caminhadas, e estaremos quites.

Uma velha senhora se espanta comigo e com meus aparelhos, o aparelho que me mostra o caminho, meu iPhone e suas funções que nunca aprendi a usar, o fone de ouvido e os cabos de diferentes cores e épocas, que tento em vão conectar — esse conglomerado, esse polvo, essa rede que há de me levar adiante ata-me as mãos e os pés. Será que sigo pensando no aparelho para ordenha e nas vacas do Hans? Ajudo a senhora ligeiramente debilitada pelo espanto a carregar sua mala. Ela desembarca em Salzburgo, se volta para mim e diz com inesperada seriedade: *Gute Weltreise noch!* Queria me desejar não uma "viagem pelo mundo", uma *Weltreise*, e sim um bom prosseguimento da minha viagem, uma boa *Weiterreise*, mas agora seu ato falho flagrava-me em minha megalomania. Em Linz, pergunto na estação rodoviária onde pego o ônibus para Mauthausen. E, com efeito, o número 360 vai até lá, um círculo completo pelo mundo.

Espero de pé na plataforma da grande rodoviária. O número 360 me confirma que estou no caminho certo, que me movo em círculos. Seria também uma prova de que ainda estou no princípio de todas as viagens, mas sigo fazendo contas, subtraio os 360 do número de dias do ano e penso no que resta. Cinco, às vezes seis dias. São esses os dias mais importantes? São esses os dias em que algo acontece de fato? São eles os únicos que têm um sentido, e mais do que cinco ou seis por ano não serão?

Fotografei placas, horários e itinerários para provar que estive ali — não aos outros, mas a mim mesma. Nunca faço isso, mesmo de minhas viagens mais belas não possuo fotografias, não consigo viver e fotografar ao mesmo tempo, mas agora digo a cada momento: Demora-te! És formoso! Clique. Compreender, compreendo depois.

De início, sozinha na plataforma, eu meditava sobre se era possível que os ônibus fossem mesmo até lá. Não diferenciava campo de concentração de memorial e cidade. Achava que o mundo inteiro estava vendo que eu ia para Mauthausen, mas não havia ninguém ali para me ver. Depois, porém, chegaram jovens com suas sacolas de praia e boias de borracha, iam por certo pegar o 360 para ir nadar e achei aquilo tudo aceitável, até que uma senhora embarcou com uma tampa de privada, novamente 360 graus, um círculo, embora, é claro, não tão perfeito, uma boia salva-vidas teria me parecido mais adequada para aquela viagem. Mas não fique brava com eles, mil anos já se passaram desde a guerra — que guerra, afinal? —, e eles têm o direito de ir ao banheiro, de escalar montanhas, de ir nadar, nem é proibido que faça tempo bom. Não há contradição alguma entre uma guerra antiga e um biquíni, pare de pensar na tal senhora, ela não é nenhuma criminosa e tampouco é vítima, palavras que vêm, inevitáveis; está fumando, faz círculos de fumaça, 360 graus mais cinco dias, círculos tão belos só Marlene Dietrich sabia fazer, talvez ela jogue xadrez, só aconteceu de ter comprado a tampa da privada, hoje é quarta-feira.

A guerra já acabou há muito tempo, mas você gostaria de convocar os pacíficos moradores da região de Linz, com suas boias de borracha e tampas de privada, e justo agora que está tão quente e eles vão nadar. Nasceram e moram aqui, nada mais, não têm culpa se essa guerra é tua origem, história e antiguidade, e você viaja daqui até lá e paga por isso tão somente cinco ou seis dias, esse resto do círculo; se não tivesse havido guerra, você não teria uma história, com todos os seus respectivos desenvolvimentos, seria como se tivesse nascido da cabeça de Zeus, vestindo armadura completa, mas com um calcanhar frágil.

Então atravessamos Linz, o Danúbio refletindo o sol me ofuscava a cada esquina, eu estava de bom humor, ou porque as casas eram bonitas ou porque era minha intenção gostar dos lugares que atravessávamos. Talvez eu só quisesse poder dizer que Linz era uma cidade bonita. Muitos jovens embarcavam e desembarcavam, tipos que pareciam prestadores de serviços comunitários, *Zivis*, minha guarda branca. Ou será que todo o mundo ali trabalhava em memoriais? Um castelo na montanha, o Danúbio, um motorista a quem aprazia nos conduzir e que me disse que eu me sentasse bem na frente, ao lado dele, *gnädige Frau*, prezada senhora, porque ali se via melhor a paisagem e ele poderia me mostrar onde eu deveria descer, e pensei comigo como era estranho que pessoas tivessem sido aniquiladas naqueles vales aconchegantes, como se isso só fosse aceitável na Sibéria, com sua paisagem gélida, nua e plana.

Em minha cabeça cruzavam-se duas citações que, no passado, eu adorava, quando ainda era jovem amava citações e acreditava que, uma vez armadas da literatura, as pessoas dispunham de três vidas, como nas fábulas. As citações eram: "Manuscritos não ardem" e "The letter always reaches its destination". Antes, elas me davam a esperança de que tudo fosse apenas questão de interpretação e de que nada se perdia, mas agora me pareciam tolices arrogantes e pegajosas, um melaço de desejos pios, mas talvez seja apenas o calor escaldante. Olhei pela janela e vi os campos amarelados, as cores e texturas suaves da paisagem. Melhor seria consumir aquelas citações separadamente, pensei, mas agora já as juntara para deixá-las naqueles relvados e campos, elas e seu travo azedo; afinal, manuscritos queimam melhor do que lenha e cartas vivem se perdendo, quando e se escritas, e quando são escritas quase sempre provocam mal-entendidos, sobretudo as eletrônicas.

Procuro me concentrar de novo no tecido histórico, afinal estou a caminho de Mauthausen, mas não consigo, penso em nuvens e relvados, em belas roupas coloridas, flores, mas a história, o que aconteceu — não, desse tecido não tenho ideia, ideia nenhuma. Muito se pode confeccionar com ele. Para mim, tecido histórico é veludo, cetim, crepe da China ou, como dizíamos em russo antigamente, *krepdichin*.

Minha babuchka Rosa, que esperou a vida toda pelo retorno do marido, Vassia, Vassili, de todos esses campos de concentração que ora visito, tinha vestidos assim. Ela, que durante a guerra salvara duzentas crianças, se parecia na velhice com uma criança inchada pela fome. Era bem magra, mas a barriga era grande, vestido nenhum lhe servia, motivo pelo qual uma costureira lhe fazia vestidos de *krepdichin* ou seda. Verde-claro com faixas brancas, pontos roxos no horizonte de um dia de sol, azul-escuro com ondas brancas e pretas que avançavam pela paisagem, e aquele tecido perfumado, levemente cintilante, com lírios e rosas, um milagre em nosso mundo modesto. Eu daria metade de meu reino e todo e qualquer tecido histórico para ter nas mãos um pedacinho daquela seda. Fazemos de tudo na tentativa de, por meio da interpretação, afastar a morte, como se não houvesse desaparecimento, apenas acolhimento e chegada.

Numa cidadezinha embarcam novos passageiros, a praça central, as pessoas, tudo é bonito. Próxima parada: Gusen, o campo subordinado a Mauthausen, li a respeito dele. Passamos rapidamente. O muro cinza e cortante do memorial ergue-se obliquamente à estrada, como se pretendesse cortá-la ao meio. Sinto o corte em meu pescoço, mesmo depois de termos deixado o muro para trás há um bom tempo. Uma dor fantasma, não consigo engolir. Pouco antes de Mauthausen, meu simpático motorista flagra uma escolar com a carteirinha vencida. Torna-se inclemente, aniquilador; aflita, a menina paga os quatro euros. Todos se calam, concordam: ele tem razão. Quando desembarco na parada Wasserwerk, junto de Mauthausen, ele está bravo comigo. Eu o vi sendo enganado, ele se sentiu humilhado e reagiu, o que também vi, como passageira e testemunha, e testemunhas só pioram as coisas.

Minha mala fica entalada, todos aguardam, o motorista também, mas não diz uma única palavra. Faço movimentos convulsivos, mas a mala não se solta. Me desculpe! Ele permanece em silêncio, petrificado; está com a razão, afinal. Por fim, liberto a mala e saúdo o solo de Mauthausen. O suor escorre por minhas costas.

SÍSIFO

> Sisyphus, *que, segundo a mitologia grega, foi condenado a rolar um bloco de pedra até o topo de uma colina íngreme, de onde, pouco antes de atingir o cume, tornava a rolar para baixo, escreve-se com "i", na primeira sílaba, e "y", na segunda. Assim também* Sisyphusarbeit, *trabalho de Sísifo.*
>
> Duden: *Dicionário ortográfico da língua alemã*

No topo da colina vi uma fortaleza, lembrança da Idade Média; tinha muros portentosos, torres altas e uma geometria imaculada, irreparável, que eu caracterizaria como bela ou, no mínimo, agradável. Eu não imaginara que este lugar pudesse ser bonito; minha ideia era de que ele não tinha esse direito. A vista despertou em mim uma sensação de medida, proporção e harmonia, que evidentemente há de ter inspirado também os inventores de lugares como este. A meu lado está Wolfgang, um funcionário do memorial, meu acompanhante ligeiramente sonhador, vestindo terno de linho e chapéu elegante de verão. Alegra-me sua presença animadora, a surpreendente nota mozartiana.

Clareza era o que eu esperava; imaginava que o grande campo de concentração já não guardasse segredos, ou, de todo modo, não segredos arquitetônicos, porque tudo já havia sido descrito e comprovado, de modo que era possível agora voltar a atenção para a narrativa, para o sentido do todo; contudo, ainda à entrada Wolfgang me mostrou um reservatório de água dotado de trampolins, com uma área mais funda e outra mais rasa e escoadouros nas bordas, mas era fundo demais para ser uma piscina. Fiquei surpresa com o buraco de concreto, como se se tratasse de um objeto arqueológico, um legado dos maias ou dos astecas, uma construção de uma civilização desaparecida, de uma lógica incompreensível para nós.

Em silêncio, detemo-nos na escada, como se uma pausa para o cigarro fosse necessária para nos prepararmos, e observamos os adolescentes que sobem e descem tagarelantes. Mauthausen estende-se diante de nós como uma obviedade.

Estou aqui por causa de meu avô, de seus dezessete dias. Não penso nele, e sim nos outros, mas não consigo, não dou conta das centenas de milhares. Hoje é 13 de julho, o dia mais quente do verão, não há uma única sombra no campo de concentração. "Team", leio numa camiseta, e de fato tem um time inteiro aqui, a região é perfeita para ciclistas profissionais, que, desajeitados, com seus tênis de ciclistas, descem a agora segura escada da morte com aquele "Team" estampado nas costas de suas camisetas; visitam o memorial em meio a seu tour ciclístico. O pequeno vale da pedreira, o local de trabalho, lembra um parque nacional em algum ponto dos Estados Unidos, uma área de rochas nuas e muito verde; mais atrás uma pequena cachoeira, duas bicicletas estão atreladas a um tapume, sobre o qual uma placa avisa que é proibido nadar nos domínios do memorial.

Sem julgar, Wolfgang conta dos crimes de outrora e da normalidade de hoje, uma normalidade que a todo momento conquista seu espaço. Na minha cabeça permanecem apenas números.

Trinta nações estavam representadas neste lugar, cada uma delas possuidora de um monumento. Políticos, trabalhadores, sacerdotes, aqui posso imaginar o Parlamento Europeu melhor que em Bruxelas; quem esteve em campo de concentração tem direito a ingresso na União Europeia. Quinhentos oficiais soviéticos intentaram uma fuga, a região toda lhes deu caça — chamaram-na caça à lebre —, os mortos foram reunidos num só local, como animais silvestres abatidos, não como grandes feras, e sim como lebrezinhas covardes, mas o que significa isso? Em meus apontamentos consta que quarenta e sete mil foram cremados, uma palavra curiosa entre as cifras, a maioria morreu de subnutrição ou doenças, talvez esteja errado, quero dizer, talvez o número esteja errado, como se números assim pudessem ser corretos, centenas de milhares de pessoas foram mortas em Mauthausen, ou pereceram em consequência do trabalho. Se um ser humano fosse tão maior que um átomo quanto o sol é maior que o ser humano, qual seria o meio-termo entre a morte de um indivíduo e a de milhões? Seria um número ou o lugar onde me encontro? Um, eu compreendo; dez, também; cem, com algum esforço; e mil? Muitas vezes, prisioneiros judeus eram atirados no fundo da pedreira de uma altura de cinquenta metros, chamavam-nos paraquedistas. Um prisioneiro contou mais tarde que, por ocasião da visita de Heinrich Himmler, na primavera de 1941, exatos mil prisioneiros judeus despencaram do alto da rocha. Há uma macieira nas dependências do campo, com maçãs tentadoras. O comandante teria dado de presente ao filho, em seu aniversário de catorze anos, catorze prisioneiros, os quais teriam sido enforcados numa macieira do jardim do comandante, como enfeites de árvore, diz-se. Esses catorze resultam mais que mil, 14 > 1000. Mais de quê? De algo que é incontável — será por causa de como morreram, ou será catorze um número que ainda somos capazes de compreender, depois do qual nossa matemática desmorona? A partir de que número o ser humano desaparece? Dez mil fuzilados foram enterrados sob a tília de Marbach, lá no topo da montanha, se não estou enganada; como posso imaginar uma coisa assim? Na minha escola, éramos apenas seiscentos, e nunca estive num estádio. Se acrescento um zero, preciso começar a pensar estrategicamente; imagino os grandes bairros-dormitórios, nos prédios altos da ilha defronte a minha casa em Kiev vivem exatas cem mil pessoas, que, em segredo, acrescento a minha estatística da morte, sem perturbar seu sono e não para sempre, mas só para entender aquela cifra; depois deixo que voltem à vida.

Nós crescemos com vinte milhões de mortos na guerra e, depois, se verificou que foram muitos mais. Os números nos mimaram e estragaram, fomos violentados pela ideia da violência; entender esses números significa também aceitar a violência. Uma melancolia se apossa de mim, não sei por que tudo isso soa tão corriqueiro, quase aborrecido.

Eu queria encontrar uma solução, para mim e para aqueles que hoje moram e trabalham aqui, queria me lembrar e escrever a esse respeito, mas era tarefa sem fim. Sísifo quis enganar a morte e Tânatos o castigou com trabalho infindável, trouxe-o do Reino das sombras de volta à vida e o condenou à tarefa eterna, a um esforço sem fim, à lembrança sem fim. Sísifo rolava sua pedra até o topo da colina, o suor escorria-lhe do rosto, e nós sabemos como isso terminou.

Cuidou-se para que a limpeza reinasse nos espaços e caminhos do campo de concentração; junto das barracas instalaram floreiras, as trilhas de areia eram alisadas com rolo compressor, porque o mundo é belo, só os prisioneiros é que eram sujos e doentes, indignos de viver, criados apenas para o trabalho que os haveria de aniquilar, a todo momento levando pedras para cima, seguindo uns aos outros passo a passo, em densas fileiras, como numa daquelas cenas de cinema em que se veem multidões; quando um tropeçava levava os outros consigo, dezenas tombavam como pedras de um dominó, feridos ou mortos, e se alguém fosse mais forte que o trabalho sempre se podia fuzilá-lo. Havia escritores também, que talvez tivessem tentado enganar a morte e, por isso, recebiam agora seu castigo.

Vi o topo da colina, senti o peso, pensei no perigo e comecei a rolar minha pedra para cima, mas minhas histórias não chegaram a apreender este lugar, não havia nada que eu pudesse contar, nem mesmo que aqui não se permitia a um ser humano ter êxito. Não resultava soma ou sentido. Por que não deixar a pedra onde está?

Ao partirmos, o memorial já estava fechado, e um homem de certa idade corria em nossa direção de camiseta branca, primeiro ao longo dos monumentos, passando pelas trinta nações, depois pela escada da morte, descendo e subindo, pelo escorregador de pedra para as crianças mortas, de novo pelos monumentos e tomando o rumo da cidade, para longe da bela colina. Ele corre aqui todo dia, disse Wolfgang.

A MARCHA DA MORTE DOS PARENTES DESCONHECIDOS

Era um dia sem data quando a coluna dos judeus húngaros alcançou Gunskirchen, a vinte dias do final da guerra e a dezesseis, ou menos ainda, da libertação. Depois que soube que meu avô estivera lá, para onde eles marchavam, não consegui mais tirar os olhos deles, Mauthausen-Gunskirchen, 55,2 quilômetros, a marcha da morte.

Mulheres, crianças, velhos, soldados húngaros que haviam lutado ao lado dos alemães em Stalingrado, professores universitários, advogados, *uma coluna de judeus que parecia não querer ter fim*, como escreveu um sacerdote de Gunskirchen, como se dependesse da vontade dos judeus que aquilo tivesse um fim. Muitos vinham a pé desde a Hungria, acompanhados de policiais húngaros, não era bem uma marcha.

No arquivo, encontrei relatos de funcionários públicos austríacos e de americanos que tinham descoberto um campo de concentração desconhecido na floresta, bem como todo o material coletado por um historiador de Linz. Depois de vinte e cinco anos, ele refez o trajeto daquela marcha e conversou com todo mundo que encontrou, com camponeses, padres, gente que à época ainda era criança; descreve igrejas, caminhos sinuosos e cemitérios. Conta de camponeses que viram passar moribundos, era-lhes proibido ajudar ou até mesmo contemplá-los; plantavam batatas à época e, às escondidas, jogaram comida pelo caminho ou espetaram-na nas cercas; os judeus adoravam cebola, relata uma mulher, e, como não podia entregar-lhes as cebolas nas mãos: Eu jogava as cebolas para eles, mas um dos guardas me disse que ele podia me fuzilar também; uma moça denunciou judeus escondidos no cemitério, outra se espantou com o fato de que os que não conseguiam mais andar ficavam sujeitos à morte não apenas por fuzilamento, mas por espancamento também, e naquela paisagem tão bela; um homem a quem cumpria recolher os cadáveres com sua carroça lembrou-se dos números, e mais mulheres e crianças, e as outras mulheres e crianças que assistiam a tudo aquilo, e uma mulher contou que, depois da passagem deles, não restou uma única folha nas árvores: Eu me lembro das ameixas, lembro-me até de um jovem guarda alemão que apanhava ameixas para os judeus; mas era abril, você há de saber disso, não havia ameixas nem boas ações, um rapazinho tentou carregar seu pai que caía, mas muitas vezes falta o desfecho dessas narrativas, os camponeses não ouviram todos os tiros, e eu segui lendo e lendo, até eles chegarem precisamente onde estava meu avô, em Gunskirchen. Tentei imaginar como ele reagiu aos recém-chegados e o que aconteceu em seguida, mas não consegui, e li então as traduções do húngaro, "Apesar de tudo, conseguimos um bom lugar, tio Geza foi quem lutou para conseguir", até que, em algum momento, nem isso eu pude mais, a memória da minha alma estava lotada com os mortos na floresta, e comecei a tirar cópias das folhas soltas, porque, como é sabido, os aparelhos existem para suprir nossas incapacidades, ou antes para ampliar nossas capacidades, e eu tirava cópias como se, assim,

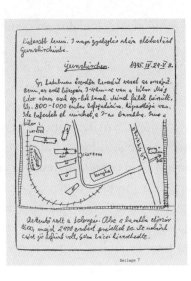

pudesse prolongar a vida de alguém, ou mesmo multiplicá-la, nem olhava para as folhas, que exibiam imagens não destinadas a mim, passava os olhos rapidamente e tinha certeza de que nunca mais olharia para elas — mas preciso delas! —, e apertava o botão, produzindo outros tantos quilos de atrocidades, afinal precisamente essa multiplicação justifica a existência dos aparelhos, eu apertava o botão como se aquele aparelho pudesse salvar alguma coisa, copiava tudo e sentia crescer meu próprio futuro, sentia-o expandir-se cada vez mais quanto mais eu copiava de Gunskirchen, ante uma contemplação sempre protelada que talvez nem me seja permitida, seguia copiando, até que comecei a perceber que já não diferenciava E de Ä, *gerettet* de *Gerät*, "salvação" de "aparelho", e que, irrefletidamente, procurava salvação naquela copiadora.

E, quando os judeus húngaros chegaram a Gunskirchen, pensei comigo —

que meu avô já estava lá, teriam os não judeus feito algum mal aos prisioneiros judeus?

que os piores sobreviveram

em tudo aquilo que faço para entender seus quarenta e dois dias em Gunskirchen e seus trinta e sete anos de vida na terra natal, nem que seja pelo espaço de uma linha

que eu queria ir para casa

que ele tinha então a idade que tenho agora

que, de novo, o perdi de vista

que, se o mundo é assim, então viver não tem sentido nenhum, e esse pensamento não constitui nenhuma fraqueza

em uma criança no colo da mãe

que quase não havia água no campo de concentração e que, se meu avô sobreviveu, isso significa que alguém precisou morrer em seu lugar, mas isso eu já disse

na palavra *Kazettler*, prisioneiro de um campo de concentração ou KZ, a palavra constava dos documentos, um *Kazettler*, oito *Kazettler*, *Kazettler* para cá, *Kazettler* para lá

em dois velhos americanos que se encontram em alguma parte dos Estados Unidos, no Texas talvez, e conversam sobre Gunskirchen, sobre como sua unidade encontrou casualmente na floresta milhares de mortos por inanição e sobre como outros milhares morreram nos dias seguintes, depois de receber comida de seus salvadores

numa família israelense que viaja para Gunskirchen depois de ter encontrado o diário do pai já falecido, que sobreviveu a Mauthausen, Gusen e Gunskirchen, tinha dezessete anos e vinha de Budapeste, sobreviveu porque contava tudo, como se possuído, contava degraus, árvores, pessoas, listras. Aos filhos não disse nada, e lá estão eles, quatro irmãos na floresta de Gunskirchen à procura do pai que se tornou um desconhecido. Um deles faz um filme a respeito do assunto e o intitula *Six Million and One*, como se conseguisse, com seu cálculo, extrair de volta indivíduos de um número monolítico, fazendo, de *six million*, *six million ones*

que a gente vê ou faz algo, e esse algo é para sempre

que não sei de onde veio essa convicção, mas, precisamente ali, naquele pequeno campo, depois de tudo que aconteceu, aconteceu ainda alguma coisa que tornou impossível o retorno de meu avô para casa, de modo que, de volta a Kiev, ele não podia ficar com a família, nem com as filhas nem com sua mulher, Rosa, cujas mãe e irmã jazem em Babi Yar, o que torna alguém judeu para sempre; eu sei que seu retorno malogrado teve algo a ver com a marcha da morte dos judeus húngaros

que, naquela multidão de mulheres e crianças, talvez meu avô tenha visto alguém que se parecia com os seus

que a certeza está na suposição

que Benno, o irmão de dezessete anos de minha parente recém-descoberta, Mira Kimmelman, número 133856 em Mauthausen, foi executado em março de 1945 em uma das numerosas marchas dali a algum outro lugar; ele já não conseguia caminhar, disse uma testemunha

que parentes se encontram por caminhos assim, e ali são todos parentes

na marcha da morte no Google Maps

em Ivan Miatchin, que nem mencionei ainda, outro rapaz de dezessete anos. Ele era o único de quem meu avô falava, Ivan trabalhava na cozinha do campo de concentração e, quando descobriu que Vassili tinha duas filhas, tentou conseguir restos de comida para ele, porque, na opinião de Ivan, mais do que os rapazes que não tinham filhos, era preciso que Vassia sobrevivesse, e ele sobreviveu, graças a Ivan, pensava, ou talvez só quisesse agradecer alguém por sua sobrevivência, porque do contrário o que resta é a culpa, mas em que campo os dois se conheceram, isso não sabemos, não há nenhum Ivan Miatchin nas listas de Mauthausen

que, na União Soviética do pós-guerra, havia dez milhões mais mulheres do que homens, ou vinte

que meu avô Vassili voltou para casa, mas por pouco tempo. Todos haviam esperado por ele, minha avó Rosa tinha preservado o casaco de couro preferido dele ao longo de toda a guerra, apesar da fuga e da morte de parentes próximos. Vassili estava de volta, e os dois brigavam, talvez não o tempo todo, mas com frequência. Primeiro desapareceu o casaco, depois Vassili também se foi.

O FIM DO IMPÉRIO

Estou convencida de que minha viagem pela Áustria foi encenada, só não sei a quem atribuir a direção; segui a pista de um prisioneiro de guerra, encontrei sauditas, o gigante Hans e, depois, ainda dois presidentes cujos helicópteros pousaram no gramado de Mauthausen, como em *Apocalypse Now*, ao som da "Cavalgada das Valquírias", e, nas cidades, homens estranhos seguraram portas para que eu passasse. Quando enfim cheguei a Viena, onde se encontravam os arquivos de guerra e onde nascera Oziel, o pai de minha avó Rosa, Otto de Habsburgo tinha acabado de morrer e os jornais falavam sobre o fim da velha Europa, sobre setecentos anos dos Habsburgo, uma dinastia que marcara a história de vários séculos; falavam da Primeira Guerra Mundial e do que teria sido esse século, agora efetivamente terminado, caso Otto de Habsburgo tivesse sido imperador, ou pelo menos uma personalidade influente na política europeia, e nos jornais lia-se também que aquele era, de fato, o fim. Sobre como aquela dinastia havia conduzido a Europa à Primeira Guerra Mundial, nem uma única palavra. A cidade se enfeitou para o pomposo funeral, as pessoas caminhavam mais devagar do que nossa época permite, e eu também avançava lenta e solenemente pelas ruas e avenidas de Viena, como os dois bailarinos no último ato, quando, de mãos dadas, ele e ela passam pelas fileiras de súditos e, triunfantes, chegam ao final do espetáculo. Eu caminhava sozinha e via, no trajeto do cortejo, as fitas pretas que pendiam das janelas, mas pensava em outro cortejo; em espírito, estava ainda naquela minha coluna que parecia não querer ter fim.

La-la-la Human Step chamava-se o espetáculo de dança em que conheci outro Hans. Depois, fomos dançar. Hans era um

DJ alemão, ele me contou sobre Dionísio, sobre o culto a ele e sobre suas mulheres, sobre o ritmo que nos faz esquecer de nós mesmos, sobre a entrega e o transe, o balanço das massas em nosso mundo globalizado, centenas de pessoas dançavam conosco e, em algum momento, começamos a falar de nossos avôs, que haviam sido prisioneiros de guerra, o dele, alemão, na Sibéria, o meu, russo, na Áustria; era nossa rave, *we were raving for peace*, a noite inteira, pela paz mundial, por Dionísio e em memória de Otto de Habsburgo. No dia seguinte parti, atravessei Viena pela última vez, passando pelas barreiras, pelos policiais, pelas carruagens, pela cavalaria e pelos militares, havia velhos nas ruas também, vestiam roupas coloridas e chapéus adornados, como se ressuscitados de uma montagem de *Sissi*, súditos de seu próprio passado, mas perdi o funeral de Otto de Habsburgo, assim como o anunciado fim da Europa.

Cruzamento

Eu nasci como um cruzamento de duas ruas com nomes alemães, Engels e Karl Liebknecht. Nessas duas ruas vieram ao mundo meus pais; meu pai, na ulitsa Engelsa, minha mãe, na Liebknechta, esquina com a Institutskaia, e também minha escola ficava nessa esquina. Se existe culpa, no sentido de que tudo tem um motivo, então ela é desse cruzamento alemão, seus sons me penetraram outrora, quando eu ia para a escola. Engels, nós conhecíamos, ele tinha escrito *A origem da família* e era amigo de Marx, chamava-se simplesmente Engels, os clássicos tinham nomes curtos e sonoros e sempre eram vistos de perfil, sempre todos juntos, não olhavam para nós, e sim para o futuro: Karl Marx, como dois tiros, ou como uma ordem, Ordinário, Marx! Além disso havia dado nome a nossa fábrica de bolos. Karl Liebknecht, pelo contrário, com sua grasnante gagueira, não tinha perfil; meu querido Karl crepitante, *mein lieber Knecht*, ninguém o conhecia, e já por isso era meu preferido, talvez porque eu pressentisse seu destino no canal. A Rosa Luxemburgo, uma rua pequena, cruzava a Karl Liebknecht, e cortava-a a rua dos Tchekistas, uma topografia imperecível, como um poema. "Noite, rua, poste, farmácia,/ A luz é turva e pálida, sem sentido./ Segue adiante o caminho da vida — sem saída./ Tudo permanece igual./ Morres — começas de novo./ E, de novo, antes mesmo que percebas:/ Rua, onda gélida no canal,/ Poste, farmácia, noite." Hoje é um mistério para mim por que nunca perguntamos quem era aquele servo, aquele Knecht, e por que não compreendemos então que também os inúmeros príncipes saídos das fábulas alemãs, com seus corcéis brancos e castelos, se imiscuíam em nossa infância.

Quando eu caminhava de novo pelo cruzamento da Institutskaia com a Liebkecht, na direção do poste, da farmácia e do edifício onde Oziel havia morrido e eu, nascido, lembrei-me de que, nas portas de nosso prédio, como minha mãe me contara, ainda se podiam ver números negros, muitos anos depois do fim da guerra; durante a ocupação, ele havia servido de sede a altos oficiais alemães, mas os vizinhos diziam que não, que era a polícia ucraniana que estava sediada ali, e por mais que se tentasse, não se conseguia apagar aquele preto. Embora não restasse mais ninguém dos velhos tempos, nem mesmo do meu tempo, e o prédio já contasse agora com aparelhos de ar-condicionado e sacadas envidraçadas, ele me atraía para si. Parada diante do edifício que eu podia declarar meu, eu pensava se, à época do meu nascimento, morávamos no segundo ou no terceiro andar, quando uma velha senhora saiu da farmácia. Ela sorriu e eu sorri de volta, uma dama de branco com um casaco branco comprido e sapatos brancos, seus cabelos eram brancos também e refletiam a suave luz branca daquele dia enevoado. Por um longo minuto ficamos ali, uma ao lado da outra no cruzamento; em Kiev os semáforos mostram os segundos e, passados trinta segundos, ela sorria ainda e olhava para mim, como se me reconhecesse e estivesse certa de que eu jamais a reconheceria. Tenho encontrado a senhora aqui com muita frequência nos últimos tempos! — ela comentou, ou era uma repreensão? Espantada, respondi que fazia anos que não ia ali. Isso não tem a menor importância, ela disse.

O sinal mudou para verde. Surpresa como estava, fiquei parada, nem a vi desaparecer. Quando olhei em torno, o sinal estava vermelho de novo e a velha dama tinha ido embora, como se houvesse se dissolvido no ar, e pensei comigo que ela tinha razão: volto aqui com demasiada frequência, isso mesmo, pensei, com demasiada frequência.

Agradecimentos

Agradeço a meus pais, Miron Petrowskij e Svetlana Petrowskaja, pela confiança e por me surpreenderem com sua compreensão para com um livro que escrevi a um só tempo por eles e para eles, numa língua que eles não conhecem.

Agradeço sobretudo a meu marido, Tobias Münchmeyer. Foi primeiro a ele que meu pai confiou a história de Talvez Esther, e ele é ao mesmo tempo o destinatário e o deflagrador deste livro. Esteve a meu lado desde o princípio e lhe sou grata pela ajuda dedicada e incansável na busca das palavras, no desenvolvimento dos pensamentos e na administração do dia a dia.

Na busca pela expressão correta, Sieglinde Geisel me acompanhou durante todo o período de gestação deste livro. Sieglinde mergulhou nesse desafio e, sem sua paciência, seu entusiasmo e nossa amizade, ele não teria sido possível.

Minha editora, Katharina Raabe, reforçou em mim a ideia de escrever este livro. Cuidadosa e confiante, ela me deu seu apoio em todas as fases de sua escritura.

Agradeço a todos que me ajudaram em minha pesquisa, muitas vezes com uma generosidade muito além da necessária: Halina Hila Marcinkowska e Anna Gawrzyjał (Kalisz), Anna Przybyszewska Drozd, Yale J. Reisner e Jan Jagielski (The Emanuel Ringelblum Jewish Historical Institute, Varsóvia), meu querido irmão Yohanan Petrovsky-Shtern (Northwestern University, Chicago), Annemarie Zierlinger (St. Johann), Michael Mooslechner (Flachau), Wolfgang Schmutz (Memorial de Mauthausen), Mira Kimmelman e sua família (Oak Ridge, Washington), Rosalyn e Eshagh Shaoul, que provaram que família é coisa muito maior do que se pensa. Kornel Miglus, Maciej Gutkowski, Grzegorz Kujawa, Michael Abramovich, Yevgenia Belorusets.

Agradeço ainda a todos os meus professores e amigos.

E agradeço à Robert Bosch Stiftung pelo apoio que me conferiu no âmbito do programa Grenzgänger, assim como à Künstlerhaus Lukas (e ao estado de Mecklenburg-Vorpommern), pela bolsa de trabalho a mim concedida.

Créditos das ilustrações

P. 29: Lida, Lidia Siniakova, *c.* 1957, arquivo de família; p. 54: Rosa, Rosalia Krzewina, *c.* 1991, arquivo de família; p. 79: Oziel Krzewin e discípulo; p. 81: escola para surdos-mudos dos Krzewin, Kiev, 1916, arquivo de família; p. 82: Abram Silberstein; p. 92: grafite em Varsóvia, 2012, foto de Katja Petrowskaja; p. 108: bordadeiras, 1925, in *Seifer Kalisz.* Tel-Aviv: 1968; p. 113: paralelepípedo, Kalisz, 2012, foto de Katja Petrowskaja; p. 125: Nikolaus Basseches: "Prozess der Toten Seelen", 18 de abril de 1932, arquivo do Auswärtiger Amt, Berlim; pp. 131 e 141: Judas Stern; p. 134: "Prozess gegen Sergej Wassiljew und Judas Stern", *Vossische Zeitung*, 17 de abril de 1932; p. 184: esquina das ruas Luteranskaia e Meringovskaia, 25 de novembro de 1941, in Malakow, D. *Kiew, 1941-1943, Fotoalbum.* Kiev, 2000; p. 226: Relato de um prisioneiro de Gunskirchen, Arquivo do Memorial do Campo de Concentração de Mauthausen, Ministério do Interior, Viena.

ESTA OBRA FOI COMPOSTA POR ACOMTE EM ELECTRA E IMPRESSA PELA
GRÁFICA BARTIRA EM OFSETE SOBRE PAPEL PÓLEN SOFT DA SUZANO
PAPEL E CELULOSE PARA A EDITORA SCHWARCZ EM JUNHO DE 2019

A marca FSC® é a garantia de que a madeira utilizada na fabricação do papel deste livro provém de florestas que foram gerenciadas de maneira ambientalmente correta, socialmente justa e economicamente viável, além de outras fontes de origem controlada.